ANA À ESQUERDA

Antonio Carlos Secchin

outros títulos martelo

coleção cabeça de poeta

Meditações | Jamesson Buarque
Desilluminismo | Glauco Mattoso
Inventário: poesia reunida, inéditos e dispersos [1963-2015] | Heleno Godoy
Moradas | Angelus Silesius; trad. Marco Lucchesi
A hora e vez de Candy Darling [poemas 2013-2014] | Horácio Costa
maravilhas banais | Micheliny Verunschk
O olho do girassol | Inês Ferreira da Silva Bianchi
Uma via de ver as coisas (2ª ed.) | Dora Ferreira da Silva
O corpo de uma voz despedaçada | Wesley Peres
Poesia completa [1944-2010] | Antônio Geraldo Ramos Jubé
Tempo de atirar pedras e dançar | Paulo Guicheney
Yahya Hassan | Yahya Hassan; trad. Luciano Dutra - no prelo
taipografia | Fernanda Marra
lâminas | Dheyne de Souza
o movimento dos pássaros | Micheliny Verunschk
Rastros | Tarso de Melo
O antipássaro | Donizete Galvão
Regressos | Leonardo Antunes
Pegadas de gato | Luís Araujo Pereira - em breve
furonofluxo | Fernanda Marra - em breve
Equatorial / Poemas árticos | Vicente Huidobro; trad. Nina Rizzi - no prelo

coleção coisa fina

Alguns rastros: uma antologia | Tarso de Melo
O futuro presidente [um conto] | Júlia Lopes de Almeida

coleção só prosa

Desmorona ment os | Micheliny Verunschk
Ana à esquerda & outros Movimentos | Antonio Carlos Secchin
Tecnologias ancestrais de produção de infinitos | Cidinha da Silva - em breve
Por que você não entalha outros animais? | Yvonne Vera; trad. Cibele de Guadalupe - em breve
A vida é boooa | Remco Campert; trad. Daniel Dago - em breve
massamorda (2ª ed.) | Veronica Stigger - no prelo
O trágico e outras comédias (3ª ed.) | Veronica Stigger - no prelo
Cartografia dos afetos | Anna Claudia Ramos - em breve

Ana à esquerda
& outros Movimentos

Antonio Carlos Secchin

coleção só prosa 02
série brasileira

martelo
goiânia, 2022

coordenação editorial miguel jubé
projeto gráfico *oficina do martelo* e Hallina Beltrão
ilustração e capa Hallina Beltrão
composição e diagramação *oficina do martelo*
revisão *oficina do martelo* [Liza Alvarenga e Miguel Jubé]
produção gráfica *cumbuca – ateliê gráfico*

Dados Internacionais de Catalogação na Publicação (CIP)
(Câmara Brasileira do Livro, SP, Brasil)

Secchin, Antonio Carlos
Ana à esquerda: & outros movimentos / Antonio Carlos Secchin; ilustração Hallina Beltrão. 1. ed. — Goiânia, GO: martelo, 2022. — (coleção só prosa; 2).

ISBN: 978-65-994540-4-2

1. Contos brasileiros 2. Ficção brasileira 3. Prosa Brasileira I. Beltrão, Hallina. II. Título. III. Série

22-130415 CDD–B869

Índice para catálogo sistemático
1. Literatura brasileira: Antologia B869

Aline Graziele Benitez – Bibliotecária – CRB-1/3129

martelo casa editorial e comércio de livros ltda.
www.martelo.art.br

nota editorial

da esquerda para a direita ou da direita para a esquerda, as narrativas que encontramos nesta obra nos levam a um inusitado modo de ver a construção da ficção, como se nos puséssemos do outro lado de um espelho (e portanto num outro mundo, 'invertido') que nos permitisse observar as sequências de ações das pessoas/personagens, mas sem que elas possam interagir conosco num mesmo plano. assim, as ações formam um fluxo infinito de vivências e de suas interpretações.

Ana à esquerda & outros Movimentos é o novo (e de certa maneira o primeiro) livro de prosa de Antonio Carlos Secchin, reunindo seus contos (incluindo o homônimo ao livro) e uma segunda parte com sua novela "Movimento", publicada durante sua juventude.

com ilustrações e capa de Hallina Beltrão e prefácio de Flávia Amparo, o volume dois da *coleção só prosa, série brasileira* (que publica parte da boa prosa brasileira contemporânea), traz a intrigante história de Ana Ecila, que estabelece o mundo invertido por que percorrem as personagens do conto de abertura do livro, "Ana à esquerda", e também as histórias de outras *mise en abymes* exploradas pela narrativa de ficção de Antonio Carlos Secchin, formando um todo orgânico por uma sequência das peças de um quebra-cabeças infinito que forma outros quebra-cabeças, e assim por diante, como se tanto fizesse (ou nem tanto) se da esquerda para a direita, ou da direita para a esquerda.

para saber mais, somente lendo. é uma prosa só!

miguel jubé
goyania, ago. 2022

Sumário

Ana à esquerda e outros personagens à procura do Autor

Flávia Amparo

Como um ficcionista bissexto, Antonio Carlos Secchin dedicou-se à escrita de novelas e contos em ocasiões muito específicas de sua carreira como escritor. Concentrando sua produção majoritariamente nos estudos de crítica literária, em especial na exegese da poesia brasileira e na criação poética, sua ficção apareceu esparsamente em antologias de contos ou mesmo em seus livros de crítica. Quase sempre utilizando-se de um modelo metaficcional, o escritor permite que um viés mais humorístico e imaginativo aflore de uma vertente marcadamente analítica de sua obra, abrindo espaço para a escrita literária, em geral, destacando personagens ficcionais ou a própria biografia de autores canônicos. Dentre esses textos, destacam-se "Carta ao Seixas" e "Memórias póstumas de Castro Alves", publicados pela primeira vez em livros de crítica literária, adotando um diálogo com autores canônicos como Alencar, Machado de Assis e Castro Alves, reinterpretando seus personagens e papéis em outros cenários ou completando lacunas historiográficas.

Uma das exceções à regra, a novela *Movimento* (1975) foi publicada desde a primeira vez de forma autônoma, com uma existência peculiar na trajetória do escritor e também como peça-chave para a compreensão do processo criativo secchiniano. Nessa produção, temos o primeiro contato com a personagem Ana, que se reflete, como em espelho, em produções posteriores do escritor, sendo esse o caso de "Sant'Antônio das Palmas" (Fernandes, 2006) e de "Ana à esquerda" (Fernandes, 2008). A personagem torna-se uma figura reiterada ao lado dos protagonistas dessas histórias, embora nem sempre esse "lado" signifique exatamente uma parceria fiel e perene ao longo do enredo. Talvez, sua posição à esquerda revele, desde já, um alinhamento *gauche*, enviesado, à revelia do desejo de controle manifesto pelo Autor, como uma personagem que escapa às normas internas da narrativa.

Na presente coletânea, ao lado da produção de 1975 e dos esparsos anteriormente mencionados, o escritor reúne também textos inéditos como "Teoria das aves", "Mal do século", "Lael", "J" e "Confissão de homem", dentre outros. O fio condutor das histórias que integram o livro, tanto das produções inéditas quanto das pretéritas, é, sem dúvida, o caráter metalinguístico desses contos, que vão tematizar o ato da escrita, a luta com as palavras, a revolta das personagens contra o autor, a rebeldia do leitor que não aceita a narrativa proposta, em suma, a imaginação do criador em conflito com a própria criação e com seu público. O desejo do escritor é dispor o leitor *in media res* da escrita, de modo que ele possa penetrar no texto como se entrasse numa casa ainda em processo de construção, conhecendo um mundo por fazer, em que o lápis ainda está beliscando um pedaço do personagem, como um rascunho pleno de rasuras num momento anterior à estruturação lógica do texto.

Para entrar nesse universo ficcional secchiniano, é preciso não se deixar cair na armadilha da simplicidade, como se estivesse diante de um mero pastiche da linguagem de Guimarães Rosa ou da simples reescrita de contos de fadas. Há um concerto de correspondências e de intertextualidades na escrita dos textos, de modo que um leitor não experimentado nas artimanhas do crítico pode ter dificuldade de compreender os jogos de linguagem que se sobrepõem ao discurso das personagens e que se relacionam à construção dos sentidos da narrativa.

Como exemplo desse processo lúdico de concepção do texto literário, o nome da personagem Ana, de "Ana à esquerda", assume a forma de um palíndromo, que pode ser lido da direita para esquerda, ou da esquerda para a direita, sem perder o sentido original. Seguindo essa vertente dos palíndromos e das capicuas (números que também podem ser lidos de trás para frente), o conto vai abusar dos jogos linguísticos. A exemplo de Ana, a frase que encerra o conto – "Seco de raiva coloco no colo caviar e doces" – também pode ser lida inteiramente da direita para a esquerda, como se a narrativa assumidamente quebrasse a ordem natural da escrita ocidental, caminhando em outras direções e abrindo uma via de mão dupla que poderá levar o leitor ao desnorteio.[1]

Em outro momento do conto, a própria regra palindrômica do jogo é quebrada para estabelecer uma nova lógica. Esse é o caso de "Ecila", segundo nome da personagem Ana, que é apenas uma inversão, mas que abre um vasto diálogo intertextual com outro universo ficcional: o de Alice, de Lewis Carroll. Assim como a personagem do escritor inglês, Ana Ecila também é capaz de levar o leitor para uma viagem através dos espelhos, sejam estes o do protagonista da história, em sua obsessão por enganar seu próprio reflexo, sejam os do leitor, na busca improfícua por fixar a verdadeira imagem da obra de arte.

O embate entre ficção e realidade é uma outra discussão que se coloca acima do enredo da ficção secchiniana, de modo que a lógica sequencial é quebrada pelo insólito das ações, pela rasura das expectativas do leitor ou pela recusa do narrador em desenvolver um percurso único dos fatos. Desde a novela *Movimento*, Secchin parece nos dizer que o ato de narrar é, por si só, uma tarefa impossível: "A realidade é ampla demais para se

1 Em 2020, em palestra no curso de Pós-Graduação em Estudos de Literatura da UFF, Secchin detalhou seu processo criativo na escrita do conto "Ana à esquerda", esclarecendo muitos aspectos importantes e essenciais para o aprofundamento da leitura do texto. O vídeo está disponível no Youtube no endereço: https://youtu.be/AJ9ez18QBFE.

comprimir nas letras de um romance." (SECCHIN, 1975), de modo que à ficção resta dar margem, pura e simplesmente, ao imaginário. Assim sendo, a narrativa suspende a ação da cena para evocar a imagem, por exemplo, do movimento em espiral do fio de uma toalha de mesa, como se estivéssemos todos presos, não no fio de Ariadne, mas no "mover" aleatório de um fiapo azul qualquer, que nos distrai da realidade cotidiana. Assim, a Literatura passaria a inverter o panorama da "arte igual à vida" para reafirmar o trabalho da Autoria como princípio de criação da realidade possível: "Era como se minha palavra criasse a realidade, ou como se a realidade dependesse dela para poder existir" (SECCHIN, 1975). Tudo passa a ser linguagem, como se a palavra fosse a única forma de tecer o mundo.

A autonomia de algumas personagens secchinianas, como no caso de uma delas que se revolta contra o criador (no conto "J") e acaba por assassiná-lo, lembra a concepção metalinguística de *Seis personagens à procura de um Autor*, de Luigi Pirandello. Na peça do dramaturgo italiano, as figuras imaginadas adquirem autonomia e, diante da recusa do Autor em escrever suas histórias, saem à procura de um outro que as coloque em cena. No decorrer da peça, vemos que o eixo narrativo se apoia na gênese do fazer literário e na complexidade dos processos de elaboração das personagens, mas também no desnudamento do arcabouço da criação, uma fotografia dos bastidores do teatro para revelar como o artista captura e amplia os fragmentos da vida humana para transformá-los num plano superior ao da própria vida:

> [...] um artista, ao viver, acolhe em si muitos germes de vida, e nunca será capaz de dizer como e por que, num certo momento, um desses germes vitais se inseriu em sua fantasia para se tornar, ele também, uma criatura viva num plano de vida superior à volúvel existência cotidiana. (PIRANDELLO, 1925)

A fantasia desempenha um papel dúbio na obra desses dois escritores, Pirandello e Secchin, ora assumindo um papel central na organização da narrativa, ora se submetendo aos caprichos e vontades do autor. Talvez por isso o dramaturgo italiano descreva a Fantasia, em seu "Prefazione dell'autore" (1925), como uma serviçal:

> Há muitos anos (mas é como se fosse ontem) está a serviço de minha arte uma serviçal muito ligeira, mas nem por isso inexperiente no ofício. Chama-se Fantasia. Um pouco desaforada e zombeteira, gosta de se vestir de preto, mas ninguém há de negar que muitas vezes é extravagante, e ninguém há de crer que age sempre séria e da mesma maneira. Enfia a mão no bolso, tira dali um barrete com guizos, o põe na cabeça, vermelho feito uma crista, e sai correndo. Hoje aqui, amanhã ali.

No caso do conto de Secchin que nomeia o livro, a personagem Ana, também no papel de serviçal, pode ser relida à luz de Pirandello como a corporificação da Fantasia, a serviço do personagem-narrador. Ela lhe oferece todos os disfarces possíveis para que ele possa driblar o espelho da realidade e escapar, temporariamente, da armadilha de tornar a Arte o espelho da vida. São os cacos da realidade recompostos no conto secchiniano como fragmentos de uma existência que não pode ser recriada, ou que o autor se recusa a recriar sob a pena de se submeter à imprecisão ou ao absurdo ato de existir. Na linguagem fragmentária e povoada de *non sense*, esconde-se o próprio rosto do artista, totalmente transfigurado em linguagem. De uma forma camaleônica, o autor não se dá em espetáculo, como afirma em um dos seus poemas, mas se disfarça com suas mil máscaras, na tentativa de diluir o verdadeiro eu:

> Narro fragmentos do que sou, mas bastante escassos para que vocês não me conheçam além do que desejo. É o que tento fazer. Fingir que minha vida é uma questão de linguagem. (Secchin, 1975)

Resta ao leitor deixar-se envolver nesse fio em espiral da narrativa secchiniana. Não há como explicar o sobressalto e o desnorteio a que cada um estará sujeito ao movimentar a próxima página. Talvez eu devesse colocar aqui a célebre frase que abre o prefácio da *Lira dos vinte anos*: "Cuidado, leitor, ao voltar essa página!". Não haverá aqui, certamente, *blue devils*, a exemplo do que Álvares de Azevedo sugeriu na antessala dos seus versos adolescentes. Contudo, há certamente nessa coletânea, escondido em alguma página, um infante embaixo da mesa, que mastiga borboletas para tocar a carne de Deus, que abre o tabuleiro do jogo para pôr o leitor como peça nas suas mãos ou que brinca no caldeirão de Zunglash para se apropriar de livros e de autores e transformá-los em sopa de pura linguagem.

Referências bibliográficas

FERNANDES, Rinaldo de (org.). *Quartas Histórias: contos baseados em narrativas de Guimarães Rosa.* Rio de Janeiro: Garamond, 2006.

FERNANDES, Rinaldo de (org.). *Capitu mandou flores: contos para Machado de Assis nos cem anos de sua morte.* Belo Horizonte: Geração editorial, 2008.

PIRANDELLO, Luigi. *Sei personaggi in cerca d'autore.* Firenze: R. Bemporad & Figlio, 1925.

SECCHIN, Antonio Carlos. *Movimento.* Rio de Janeiro: Faculdade de Letras da UFRJ, 1975.

ANA À ESQUERDA

Ana à esquerda

O próprio vidro parecia conjurado com o resto do universo; não me estampou a figura nítida e inteira, mas vaga, esfumada, difusa, sombra de sombra.

(Machado de Assis, "O Espelho")

a G. M. F. S.

Lavo, seco, passo-me. Agora, sou um homem que se pode pôr numa vitrine. Para alguém se amar ao espelho, importa cuidar também do que ali não aparece: as meias alvíssimas sob o cromo germânico, a obturação no molar esquerdo, o suco gástrico obrando o filé de há pouco. Tudo pronto, portanto, para que eu retire o pano com que venho cobrindo o espelho da sala, como se estivesse descerrando as cortinas de um monumento a mim mesmo. Na geladeira, o pote de caviar, a terrina de *foie gras* e finos doces marroquinos me aguardam em fila indiana. Mas não sei se vou me animar a comê-los.

Há três noites tenho dificuldade em dormir. Domingo foi a folga de Ana Ecila. Na segunda, uma segunda-feira cinzenta como os pelos de um gato, ela não veio, nem deu satisfação. Hoje, 20 de fevereiro, festejo seu aniversário de trabalho: é minha empregada há onze anos, desde 1991. O que vai inventar para justificar a falta? Dirá, com certeza, que passou mal, que o inchaço nas pernas voltou e a impediu de caminhar, que teve de ir ao velório do vizinho do cunhado da prima, que. Só espero que retorne logo e, mais uma vez, esteja pronta para fazer, com discrição cúmplice, todo o necessário para combater a desordem da casa. Cabe a ela recolher, limpar ou descartar os apetrechos que vou largando pelo chão: as luvas cirúrgicas, a máscara submarina, as condecorações militares, as perucas ruivas e loiras, as batinas, os cetros, as cabeças empalhadas.

Ana faz falta, ainda que não abra a boca. Com ela eu gosto de conversar comigo: seus ouvidos são ótimos para criar o eco ideal de minha voz. Gozando o silêncio serviçal, sinto-me imperador. Há quatro dias, porém, o silêncio não provém de Ecila, é apenas meu. Ou, talvez, nem seja só meu: é, também, da torneira que não goteja, dos ponteiros emperrados no relógio sem pilha, dos livros sufocados sob o couro grosso da lombada, da begônia imobilizada nos centímetros da tela.

Gostava de provocá-la. De verificar até onde iam sua memória e obediência às diretrizes domésticas. Nisso, sou quase maníaco: desde criança, nunca admiti que alguém pudesse deslocar um objeto do lugar preciso que lhe impus. Para testá-la, nos primeiros meses, todo sábado, assim que Ana deixava o apartamento, pouco depois de 1h30 da tarde, dava-me ao trabalho de refazer a casa pelo avesso: punha livros na geladeira, esparzia alpiste no aquário, as baixelas de prata acolhiam sórdidas cuecas. Segunda à noite, antes de lançar-me ao leito, efetuava a lenta inspeção do trabalho de Ecila e constatava, feliz, que tudo voltara à ordem: lá estava o telefone no cesto de roupas, a lata de ervilha junto às gravatas, os óculos no freezer.

Ana: espanador na mão, da esquerda à direita, da direita à esquerda, inevitavelmente Ana. Fecho os olhos, para que nenhuma coisa na casa consiga me ver neste momento. De olhos trancados, torno-me inodoro para a bandeja de frutas, invisível para os quadros que dardejam uma luz suja e oleosa. Me sinto um bicho inexistente no meio de um mundo escuro. Abro os olhos? Vontade de outra vez ir ao chuveiro, como fui ontem, às dez da noite, sem saber se me limpava dos reflexos do dia grudados no corpo ou se me lavava de mim mesmo, até sentir-me um nada ensaboado, esvaindo-se em borbulhas pelo ralo.

Ando de um lado a outro, impaciente. Sem Ana, ignoro o que o espelho da sala pode me aprontar. Ele nunca vai morrer: sobrevive, esvaziado de todas as imagens que engoliu, e de nada vale destruí-lo, pois iria reproduzir-se inteiro em cada miúdo estilhaço. Especulo, então: e se fôssemos nós o reflexo deles, os malévolos? Se ali a vida acontecesse, e, do outro lado, apenas repetíssemos os gestos a que eles nos obrigam, quando fingem imitar o que na verdade determinam?

Para escapar deles, melhor não deixar que adquiram firmeza e identidade. Melhor deixá-los confusos, sem perceber direito o que se passa à sua frente. Em nome disso comprei as máscaras, por causa disso iniciei-me em trajes e trejeitos.

Perguntava a Ecila: "O que está vendo ali?". No começo, me respondia: "Mim mesma". "Preste mais atenção", eu replicava, com vigor na voz e alguns trocados na mão. "Dois bois e um coelho", ela corrigia. Sorria, vitorioso, e sentia um cheiro de capim e de estrume se espalhar na sala. Ana já se salvara. Eu precisava, então, salvar o coelho e os bois da memória do espelho. Seria difícil introduzir tais espécies de animal em meu pequeno apartamento, imaginava o escândalo que os vizinhos fariam ao ver uma vaca sendo içada janela adentro do 1001. A única saída era fazer o contrário: levar o espelho ao local onde pudessem estar vivendo as imagens que ele já aprisionara.

O porteiro me ajudou a embalar cuidadosamente o vidro, quando, num penúltimo dia de março, a Kombi deixou-me no Sítio da Arara. Numa estaca enlacei Meia-Noite e Maravilha, nos braços eu retinha com firmeza o trêmulo Cartola. “Boi vem, vem boi”, cantarolei a esmo. Diante de nós, e de minha múltipla música, o espelho parecia se nublar. Não sei se convenci os animais – “Boi foi, foi boi” –, mas, para mim, tudo se tornava cristalino: na superfície polida vi boiarem dois nacos sangrentos de alcatra, além de uma cenoura roída pela metade. Eu já podia voltar para casa.

Freneticamente me empenhei em inúmeras batalhas para iludir o espelho. Deixava que ele mal me visse de barba grisalha e no segundo seguinte trocava a barba postiça pela peruca loira. O único perigo era que, ao impedir que ele me reconhecesse, eu também acabasse me estranhando, no frenesi dos disfarces de que me servia para lográ-lo. Entrava no banheiro coronel, saía escafandrista. Deitava-me tuberculoso, e dos lençóis emergia um hipopótamo. De canguru a protético era um pulo. Ana zanzava de cá pra lá, recolhendo os pedaços que meu presente sem memória espalhava, continuando.

Chego perto do espelho, que, desde sábado, está vendado com uma toalha negra. Só vou retirá-la quando Ecila voltar. Hoje não quero encará-lo. Meu medo é que ele tenha me aprisionado no jogo que armei para vencê-lo, e eu passe a me identificar apenas como um intervalo entre duas máscaras. E se eu for mesmo esse intervalo? Começo incomodamente a perceber que o espelho não é um lugar, é um tempo. É combustão pura e desmedida de um relâmpago, onde o tempo trisca, sôfrego e inalcançável. Não consigo domá-lo, sou o espelho do que me espelha. Dois reflexos, ele e eu, alinhados em posições idênticas e opostas: a minha é aquela que aponta para a morte.

Desanimo de vez. Um filete de suor escorre da testa, valho-me da ponta do pano preto para enxugar o rosto, tendo o cuidado de manter o vidro inteiramente coberto. Estou faminto. Dirijo-me à cozinha, abro de chofre a porta da geladeira, recebo na cara um frio mortiço e inóspito. Sem querer, descubro minha imagem, diluída na superfície de uma colher de sobremesa: eu côncavo de mim. Entre mim isto e eu aquilo, um ríspido abismo me prende do lado de fora de tudo que não chego a ser, e pouco a pouco escurece a miragem de um espaço que, ao mesmo tempo, contivesse os dois lados do mesmo lado.

Da direita para a esquerda, da esquerda para a direita, rabisco a giz no pano preto uma frase qualquer. “Seco de raiva coloco no colo caviar e doces”.

As amigas

Primeiro matei Matilde, a ciumenta. Agora, sei que não resisto. Três horas da manhã. Ainda é cedo para morrer. Por que fizeram isso comigo? Fechava minuciosamente os vidros. Mesmo o vento respira mal nessas portas, que nelas eu ponho as travas, as trancas, os pregos. Sozinho no quarto eu me amava, e era bastante. Num dia de sol e chuva, esqueci os trincos da janela. A primeira entrou, seguida de muitas, de todas. Deixei que viessem.

Pouco fiz. Com um pedaço de carvão, pintei as fronteiras de nosso espaço; a elas ofertei o leste de meu leito. Que não ousassem transpor esse limite. Depois, lhes dei todo o terreno. Apaixonei-me por suas formas, logo nos tornamos amigos de verdade. Inventei os sete nomes: Bonita, Isaura, Matilde, Flor do Canto, Mimosa, Maurício e Princesa. Com paciência e amor, convoquei uma a uma, amarrei-lhes uma ficha de identidade. Pouco a pouco descobri as diferenças. Flor do Canto só queria os sapatos. Maurício e Mimosa, à hora do lanche, sempre arrumavam jeito de brigar. Isaura era o nome da modéstia. Matilde se fazia de cega. Princesa, no escuro, pedia carinhos especiais. E havia Bonita, a predileta. Dei-lhe de presente a cabeceira da cama, dediquei-lhe duas noites de exclusivo suor. Na terceira, deixei que todas subissem, e tudo virou riso e galhofa. Ai, que elas eram engraçadas. Eu me deitava. Devagarinho, escalavam meu corpo, brincavam de me esconder debaixo delas. Faziam-me carícias no vão dos dedos. Maurício preferia os meus ouvidos, e em seu jeito eu percebia algo além da simples amizade.

Aos domingos, eu montava o teatrinho. Usava flocos de sabão para fingir de neve. A caixa de música era grande orquestra. Preparava muitas piruetas, engolia fósforos acesos, andava de capote e guarda-chuva no arame improvisado. À noite fazia a chamada e cantava as cantigas do sonho bom.

Gostava de todas. Por que fizeram isso comigo? Queriam que eu fosse, igual, de cada uma. Achavam mais macios os meus dedos em Bonita. Por isso se vingaram. Ontem, quando acordei, contei até oito. A bela estava inerte, partida em metades. Mataram-na com um fio de carretel. E recuavam, doidas, com todas as pernas do medo. Peguei o corpo de Bonita, rejuntei-o com esparadrapo, fechei-o numa caixa de fósforos.

Primeiro foi Matilde, mas doeu pouco. Ordenei-lhes em fila, para a morte horrenda. Flor do Canto avançou, voluntária. Afoguei-a no álcool. Isaura e Princesa foram decapitadas. Um cigarro, e não havia mais Maurício. Mimosa eu matei de frio.

Agora, sei que vou morrer. A janela bastante fechada, o gás discretamente aberto, eu espero. Penso em Bonita, com sua etiqueta decotada. Nas mãos, aperto a tabuleta que anuncia *Os Prazeres do Amor*. Espetáculo que, no domingo que vem, eu encenaria escondido para aqueles olhinhos mais lindos.

Branca adormecida e as sete Cinderelas

Era uma vez uma princesinha, tão bela quanto gorda. Vivia na cozinha do castelo, comendo e conversando com as bruxas, que, perdendo a antiga fama, eram agora simples criadas reais.

Uma noite, Branca Adormecida penetrou na despensa, atraída por enorme abóbora. Comeu-a inteira, e contorcia-se de prazer a cada pedaço, até atingir o orgasmo, provocado por alguns pepinos que friccionava no corpo.

No dia seguinte, ela surgiu chorando à frente do rei, e disse, com gotas de melancia pingando-lhe dos lábios:

— Pai, ontem comi abóbora e estou sentindo um peso horrível, como se tivesse uma carruagem no estômago.

— Já li isso antes, respondeu o arguto velho. Em todo caso, mando te darem trinta chibatadas. O cocheiro da carruagem fugirá em disparada, e quem sabe vocês estacionam diante de um príncipe solteiro.

Branca Adormecida correu para a cozinha e se jogou numa cama escondida perto do fogão, para facilitar seus ataques noturnos. Comeu algumas tortas de maçã preparadas pela bruxa-chefe e ordenou que só a acordassem daí a cem anos.

Muitas coisas aconteceram nesse século. Os dragões foram domesticados, e faziam exibições pirotécnicas para turistas. Quarenta e nove madrastas tentaram matar as enteadas, invariavelmente mais formosas. Uma jovem foi internada no hospício por querer a prática de relações sexuais com uma rã, em quem a desvairada via um fogoso príncipe.

Quando Branca finalmente despertou, foi se apresentar ao pai, que já percebera sua ausência:

— Onde estavas, filha? Há sessenta anos o príncipe Amarelo propôs-te casamento, mas não consegui localizar-te.

A princesinha era mentirosa, disse ao pai que havia percorrido o mundo num tapete medo-persa, e pediu um banquete para comemorar seu retorno. O bom monarca, então, mandou preparar os pratos favoritos da filha: raposa com uvas e filé de fadas.

Um vendaval espalhou o cheiro das iguarias por muitos reinos e atraiu o príncipe enamorado, mas Amarelo, vencido pela fome quando já avistava o castelo de Adormecida, comeu uma maçã estragada e morreu.

No dia seguinte, sete anõezinhos encontraram o cadáver. Depois de saqueá-lo para vender seus anéis, brincos, pulseiras e dentes de ouro, um anãozinho, agradecido, beijou-lhe a face, no que foi seguido pelos outros. O príncipe ressuscitou, casou-se com os sete, e foram felizes e infelizes para sempre.

Carta ao Seixas

Há muito tempo, sim, que não lhe escrevo. Ficaram velhas todas as notícias. Não sou o mesmo homem estranho e esquivo: sou pior. Para trás ficaram as valsas e as donzelas do Império. Imagino você gordo, se arrastando em chinelas turcas e fazendo a corte às criadas, enquanto Aurélia, distraída, colhe os crisântemos do jardim. Não, Seixas, não me arrependo de nada. Enriqueci, ajudei alguns amigos, enganei outros. Agora, fito a enseada de Botafogo. O que era há vinte anos? Nada. E o que sou agora? Um infeliz, talvez, mas aplaudido pelos cronistas, proprietário único da Companhia dos Capitais Honestos e um dos pilares mais respeitáveis dessa nova República a que me adaptei com a desconfiança de um cão que muda de dono, mas nem por isso deixa de abanar o rabo. "O doutor Bento de Assis assinou o livro de ouro das viúvas polonesas". "O advogado e capitalista Bento de Assis compareceu ao bota-fora do doutor Lobo Neves". Recorto e coleciono essas notícias, como se esperasse que, daqui a um século, um desocupado qualquer se metesse a recompor minha biografia. Para esse futuro biógrafo, catalogo os fatos públicos. Os particulares, peço que os leia e lance à lareira de Petrópolis, sem deixar que Aurélia desconfie dessa matéria humana com que, de vez em quando, abasteço sua capacidade de mofar do mundo. Somos dois canalhas, Seixas. Você até hoje engana Aurélia, dizendo-se íntegro apesar de funcionário público, e encontra-se com Lucíola no *Chat Noir*, pagando-lhe em libras a nudez, e excitando-se só de pensar na inveja dos outros ouvindo você dizer: "além de mim, apenas o Barão do Rio Pardo entrou nesse corpo". E eu me agrido na bebida, ao constatar que durante mais de duas décadas persegui o homem errado. Ai, meu doce Escobar! Como pude supor que um amigo de infância fosse me trair com minha mulher? Desvairado, cheguei a reconhecer no meu filho os traços físicos do antigo companheiro de seminário, quando, na verdade, ambos são tão semelhantes quanto o são uma cuba de vinho e um saco de batatas. Odiei o homem errado, Seixas. Percebi o meu engano quando, no dia do aniversário de seus doze anos, acariciei, com fingida ternura, a cabeça de meu – chamo-lhe filho? – Ezequiel, e senti com vagar os ásperos cabelos. Não, não eram assim os de Escobar, nem são assim os que ainda me restam. Lina percebeu algo estranho e, beijando-lhe a cabeleira, disse ao menino coisas suaves, encobrindo com a palavra o que eu publicava pelo silêncio: aquele ali não podia ser meu filho, ainda que três mil e duzentos e sete anjos anunciassem o contrário nas trombetas; as Escrituras, como você sabe, são muito retóricas, o que não quer dizer que sejam verdadeiras.

Por dever de ofício, quis iniciar o garoto nas Letras e na Política, para corrigir em sociedade o que a Natureza negara no berço. Citava-lhe Homero e Maquiavel. Levava-o à ópera, e ele não raro ressonava no Prelúdio, provocando risotas às famílias fluminenses. Mas como, o filho do doutor Bento não puxou ao pai? Eu, zeloso defensor da compostura, vendo Ezequiel roçar-se nas pretas da casa! Eu, que uma vez o chamei a ter comigo na batalha de flores do Campo de Sant'Anna, e ouvi de seus beiços a réplica insolente de que iria jogar o *foot-ball* num terreno baldio do Encantado!

Aos dezoito anos meteu-se em pândegas na companhia de dois mulatos mais velhos, tidos por escribas: um tal de Barreto, que, dizem, acabou doido varrido, ensinando o tupi às grades do manicômio; e um outro, vulgo Machadinho, tipógrafo diurno, sonetista e galanteador depois das 20h. Preocupava-me a nefasta influência dessas companhias e numa noite, depois de um Porto e antes de um Havana, perguntei a Lina se conhecia os vagabundos com quem andava metido o rapaz. Ignorava Barreto. Machadinho, sim, o teria visto duas ou três vezes, em saraus na casa de amigas, improvisando com grande talento uma cascata de versos sobre os temas do dia. Na primeira vez – lá se iam vinte anos – tinha ficado impressionada com um candente libelo que ele, ainda menino, declamara, em rimas ricas, contra a opressão da raça negra. Perguntei outras coisas, eu queria mesmo era descobrir o que teria levado minha esposa a registrar, de modo tão enfático, as virtudes do tal Machado. "É tudo que sei", respondeu, e seu olhar ganhou o brilho metálico das vitrinas de joalheria. "Por que, em vez de ler apenas as cotações da Bolsa, o senhor não se ilustra um pouco na seção literária das gazetas?". Fingi não perceber a ironia, pois, afinal, sempre julguei a literatura uma coisa de mulheres, ou, no máximo, um bom meio de conquistá-las. Eu próprio, no seminário, tive fumos de poeta, e comecei a esculpir um soneto a que ficaram faltando doze versos. Os dois sobreviventes, no entanto, prenunciavam um escritor de certo mérito: "Oh flor do céu! oh flor cândida e pura"; "Perde-se a vida, ganha-se a batalha". Começo e fim. No meio, as lutas que perdi contra mim mesmo, e uma raiva surda, tenaz, diante de tudo que escapasse das certezas. Ezequiel, por exemplo. Logo corri às gazetas empilhadas no sótão, e que seriam vendidas a quilo como contribuição de minha empresa aos órfãos das Alagoas. Lá estava, espremido entre um decálogo às noivas e uma prece a São Benedito, o retrato de Machadinho. Acenava miudamente para um figurão das Letras, um velho Coelho cuja pena prolífica faz jus ao sobrenome. O jovem apoiava a mão direita sobre um tampo de mármore, com os dedos bem abertos, e Coelho, ascendendo a escaleira da Colombo, retribuía o gesto com um sorriso superior de quem se sente ungido pelos deuses definitivos da Grécia. Apesar de os rostos se estamparem em pequena escala, semicobertos por um vendaval de bengalas, lunetas e cervejas, tive de admitir com clareza que aquela testa ligeiramente avançada, aquela narina direita espessa, aquele ângulo de 60° desenhado no braço que acenava, não eram exclusivos de Machado: eu os revia, diariamente, na figura de Ezequiel. Não me contive. Arranquei a foto, enfiei-a no bolso, fui bater à câmara de Lina. Mostrei-lhe o pedaço de papel, ficou pálida durante dois instantes, mas logo se recompôs. "O que é isso?", quis saber. "Aqui tens o pai de teu filho", respondi. O seu rosto com tanto engenho misturava firmeza e altivez, que qualquer incauto poderia jurar: eis aí uma mulher de bem. De repente, tudo passava a fazer sentido: Ezequiel e seu amor à capoeira, ao jongo, às rodas de violão e de baianas, era apenas uma segunda edição, piorada, do pai – que esse, ao menos, sabia metrificar. No dia seguinte, sem me despedir de Lina, mudei-me para um pequeno sobrado à rua Matacavalos. Mais tarde adquiri de um professor falido este belo palacete na enseada de Botafogo, de onde lhe escrevo, fitando a tempos o oceano e, custa-me dizê-lo, pensando ainda nos braços dela, no seu olhar de chispas que prometiam tempestades, cataclismos, maremotos.

Amei minha mulher, Seixas. Não fiz como você, que se uniu a Aurélia para beber-lhe o capital no champanhe francês esparzido sobre o bico dos seios de Lucíola. Amei minha mulher. Passo as noites acordado, esperando manhãs que relutam maldosamente em surgir. Divago, especulo, custo a aceitar que a vida não seja algo tão firme e estável como o morro do Castelo. De madrugada, a cidade adquire o silêncio próprio de estátuas em jardins sem vento. Rememoro, então, todos os detalhes.

Improviso às paredes discursos em alta voz, obtendo o beneplácito resignado das gravuras com bigodes e perucas ancestrais. Numa delas, minha mãe parece pensar: corno, mas brilhante. Poucos tribunos teriam tanta lucidez ao dissecar, num raciocínio irrespondível de parágrafos e alíneas, todas as evidências de sua própria ruína. Incentivado pelo aplauso implícito de meus mortos, tempero o relato com ingredientes dúbios: quem sabe se Lina não teria procurado Machado apenas para pedir-lhe que escrevesse os doze versos que faltavam ao soneto? Quem sabe, um poema com dois pais? Fora os sofismas de vigília, debitados ao meu desejo de ficar aceso mesmo ao preço de palavras arroubadas, nada sobra na manhã seguinte, quando o criado, rindo à socapa, encontra o ilustre Bento emborcado no escritório. Dá-me os bons-dias, ajuda a erguer-me, indaga a que horas o banho deve estar tépido.

Tudo poderia ser diverso, Seixas. Mas, agora, não posso senão acreditar que as máquinas do mundo se azeitaram para moer-me os sonhos. Não tive filhos. Restam-me a casa, o criado, os jornais, e uma cabeça que pensa, pensa, e só consegue destilar a náusea em gestos de caridade rentável e pública: eu dou esmolas como quem cospe. Tudo poderia ser bem diverso. O ex-futuro deputado. O quase provável ministro. Mas tropecei naquele amor. Tinha olhos de ressaca: me atirei sem boia nesse mar. Afastei-me da costa, tive força de retornar e recolher os destroços: era quase nada. Náufrago a seco, pergunto-me hoje se não teria sido melhor deixar-me levar pelo turbilhão. Nadar, nadar, nadar, até perder a memória dos homens, e docemente sumir nas águas mornas e densas dos cabelos de Capitu.

Confissão de homem

Não aguento mais. Chega de ser personagem secundário! Sete edições fazendo as mesmas coisas, repetindo as mesmas falas. Que vão pensar de mim? É claro, um bobo que não se renova, que nunca, em romance algum, vai chegar a ser protagonista. Agora, eu me vingo. Não apareço mais no texto. O narrador pode implorar que eu volte, pode dizer que a crítica nunca entendeu a minha importância. Não faz mal. Chega de humilhação. Vou sair daquela história. Quero ver quem vai tomar conta daquele correio miserável. Aí, vão sentir a minha falta. Trabalhar num correio de cinco linhas é ridículo. Só eu sei o esforço que faço para comprimir-me ali dentro. Além disso, minha morte é muito dolorosa. Com tantos processos modernos, resolvem esmagar minha cabeça sob as patas de um cavalo doido, quando, na página 92, saio bêbado do bar. Todo mundo da história sabe que detesto beber, e ficam rindo do leitor e de mim, obrigado a engolir três litros de cerveja para, daí a pouco, virar letra morta nas patas do pangaré.

Vou fugir do texto. Quero ver só o que vai acontecer quando, na página 31, Maria encontrar o correio fechado. Ela é muito medíocre, vai ficar sem graça. Duvido que consiga improvisar. Talvez fique balbuciando expressões sem nexo até que o narrador, bondosamente, lhe entregue umas três frases novas, muito mal alinhavadas, para contornar a situação. E por que, por que, meu narrador, minha morte é demorada? Custava alguma coisa trocar a frase "agonizou lentamente" por "teve morte instantânea"? E eu, igual a um palhaço, sem poder ao menos espantar as moscas, para que o leitor pense que realmente estou morto.

Reconheço que quando era mais moço, na segunda edição, tive vontade de fazer algo inesperado: roubar as cartas de Maria e mostrá-las a seu pai. Assim, pelo menos, eu passaria a ser um antagonista, e as pessoas me estudariam com mais atenção. Não tive coragem. Se faço isso, colocam outro em meu lugar, e nenhum narrador me aceitaria mais. Temos que ser obedientes. Por que ninguém me convida para trabalhar em outra história? Posso ser equilibrista, necrófilo, escafandrista, o que quiserem. Menos carteiro. Será possível que não exista uma, uma vaguinha de personagem principal? Não sou muito exigente. Tenho trinta parágrafos de trabalho e aprendi até a falar inglês para a edição de bolso americana. Gostaria de encontrar uma narradora simpática, loura e solteira, de preferência linear. Os protagonistas me confessam os verdadeiros malabarismos que fazem para ter cinquenta anos numa página e dez ou doze na seguinte. Ficam imitando a voz fanhosa das crianças e andam de joelhos para fingir a estatura que tinham quando pequenos.

O que atenua um pouco a monotonia são os intervalos entre os capítulos. Organizamos festas, formamos equipes de vôlei, tomamos banho pelados, lemos romances pornográficos, passeamos livremente nos centímetros da página branca. Odeio os leitores que invadem nosso espaço, escrevendo ou anotando bobagens incompreensíveis. Já perdemos várias bolas de futebol, furadas por seus lápis impiedosos. Uma vez, quando nadava, me distraí um pouco, e, ao voltar, encontrei minha roupa inutilizada pela tinta azul. Passei todo o capítulo seguinte inteiramente nu, sem poder me levantar de minha mesa. Para que servem os leitores? Além disso, ainda aturamos seus dedos gordurosos se esfregando em nossos corpos. Não nego, a sensação é boa, mas me desvia do trabalho. Quando era mais novo (essas besteiras têm idade certa), me deixei acariciar por uma unha, enorme, vermelha. Depois, verde de vergonha, puxei a frase de baixo para me cobrir. A leitora devolveu o exemplar, e tive de pagá-lo do meu bolso.

Minha maior alegria é o intervalo do capítulo que se refere a fevereiro. Organizo pequenos blocos carnavalescos, me fantasio de carta registrada. Depois, volta a rotina. Mas vão parar de fazer isso comigo. Não, não aguento mais ser personagem secundário. Vou sumir daquele texto.

O senhor pode me emprestar a borracha um instantinho?

Fim de papo

Na milésima segunda noite, Sherazade degolou o sultão.

J

Vou contar uma história: vou narrá-la em cada detalhe, e só eu sei o que cada personagem fará ou dirá. Posso, com uma simples palavra, perdê-los ou redimi-los. Mas procuro ser sempre justo. Agora, por exemplo, observo que J está acordando. Gostaria que tivesse vinte ou trinta anos, mas que fazer? J tem quarenta e sete, completados anteontem. Eu sempre tentei dar-lhe um companheiro, mas ela nunca aceitou. Um dia, criei R e o escondi no seu quarto. Puxa, ela ficou histérica, "não, não quero ninguém na minha casa, eu mato esse idiota". Tive de apagar R, e seu corpo se resumiu ao farelinho de borracha que joguei no lixo.

Quando J vendeu um terreno que lhe dera páginas atrás, escrevi que tinha ficado rica. Confesso que fiz isso sem maldade, e, além do mais, ninguém iria saber, já que a nenhum personagem meu tive paciência de ensinar a ler e escrever. Se J, que agora está acordando, sabe soletrar alguma coisa, deve isso a seu próprio esforço. Não a mim. Olha, J, um dia eu te ensino tudo, tudinho, não precisa fazer essa cara desconfiada. E, quanto aos ladrões, quantas vezes vou precisar repetir que a culpa não foi minha? Eles leram, e pronto. Resolveram roubar você. Já conheciam o terreno: eu o havia descrito minuciosamente cinco capítulos atrás. Agindo rápido, acrescentei algumas valas e escarpas ao texto, e risquei, no canto da página, a ponte que unia as margens de um riacho. Ao atravessá-lo a nado, um deles se machucou, o sangue se misturando às águas claras, quase a morte.

Restaram três ladrões. Eu poderia dizer – e bastaria substituir algumas letras – que eram dois os homens, mas creiam no que digo: não fui eu que os inventei. Eram três e, fossem trezentos, não poderia detê-los. Peço, me ouçam:

J estava descansando, já havia fechado a casa, quando reparou num barulho esquisito, parecia passo de criança na varanda, "meu Deus, que é isso?, ele disse que nunca mais ia pôr gente pra me visitar desde o dia em que encontrei R deitado na minha cama me chamando como se eu fosse uma vagabunda, 'vem, meu amorzinho, vim te fazer companhia', ah, eu gritei, fiz ele apagar R e jurar que ninguém ia me aborrecer mais, que é isso, parece passo de criança na varanda". Abriu um pouquinho a porta, sentiu que duas mãos fortes a empurravam contra a parede. Um ladrão ficou lá fora, vigiando tudo. Outro amarrou a mulher numa cadeira e foi para a cozinha apanhar uma faca. O terceiro chegou perto de J, disse "me dá o dinheiro, não quero te machucar", encostou a mão no pescoço dela, apertou devagarinho, "não vai dizer?". Apertou com mais força, J ficando vermelha, as veias se dilatando, "tudo que eu tenho está na gaveta da mesa". "Vamos embora", deixaram a mulher amarrada, a dor marcando seu corpo.

— Por favor, não acreditem no que leram: somos apenas quatro irmãos, não somos ladrões. Só porque ele conta uma história, tudo que diz é obrigatoriamente verdade? Nós nunca atacaríamos J. Respeitamos sua idade, seu gênio meio maluco. Ele, o narrador, gosta de J, e, só porque não nos criou, nos odeia. Feriu nosso irmão mais novo, e aposto como não lhes disse que o menino amputou um braço. Ele, o narrador, nos odeia. Roubou nossas terras para dá-las de presente a J, no capítulo três. Fomos conversar com ela, contar tudo. Aí começou a chorar, parecia ter ficado louca, apanhou uma faca. A gente não sabia o que fazer, ela apontava, dizia que matava o desgraçado que se aproximasse. Eu disse: "não queremos nada, mas essa terra é nossa, você não pode vender". Ela avançou pra cima da gente, meu irmão a derrubou, gritei "vamos embora, não bate que ela tá meio doida, a gente vai acabar mesmo é esperando que ela morra, aí voltamos e pegamos o que é nosso".

Deixaram a mulher amarrada, a dor marcando seu corpo. Eu tinha que ser imparcial, apenas registrar o que via. Bem que eu desejava que ela tivesse sido amarrada com menos força, e que, mais tarde, não se isolasse de tal modo que nem mesmo eu, com toda minha onisciência, seria capaz de dizer onde se escondera. Só na segunda parte do livro ela me confessou que havia passado mal, os braços inchados, e que não aparecera antes por ter perdido a confiança em mim. Agora, ela anda dizendo que voltou a confiar, e eu acho que é verdade, pois chega até a dormir de janela aberta, o som de minha máquina de escrever a ritmar seu sono tranquilo. Neste momento, J acaba de levantar-se, parece querer ler o que eu conto. Olha, J, um dia eu te ensino tudo, tudinho, ouviu? J, para de brincar com essa faca, que é isso? Não aponta ela pra mim, J, você só pode fazer o que eu escrevo, você sabe que eu gosto de você, sai daqui, J, por que você insiste? Vira essa faca pra lá, deixa de brincadeira comigo, você ficou louca, para, para, não atira essa faca, você

Lael

Esférico, era nele que as crianças brincavam, girando-o dos quatro cantos da praça aos quatro pontos daquela terra de Iaquiá. Triste, era triste vê-lo, pião humano, matéria confusa, comedora de gatos e de passarinhos.

Devia ter dez anos. Há dez anos Lael engordava duzentos gramas por semana. Sua mãe tentou muitos suicídios, e poucos deram certo. Até que se atirou num rio, e prometeu voltar na vingança das pedras. Ninguém entendeu Alceia, a sandia. Mas seu grito engasgou o assobio dos meninos. O bolso das mulheres de Iaquiá se enche de pedras, para tornar mais pesada a lembrança de Alceia. Foi belo vê-la morrer, era feio vê-la pedir o corpo dos gatos para a fome de Lael. Tinha que ser no dia 5. A voz de Alceia, soando no vento, era ordem de Deus: "Matem!". Com um martelo bem péssimo, batiam no crânio do gato. Ele o mastigava, excessivo. Depois chorava, sua boca tinha remorso.

Chamavam-no Lael. De dia, seu nome significava "o-que-vive-para-o-mal". De noite, tinha o mesmo significado, posto que o mal fosse maior.

No começo pensaram, os de Iaquiá, em amarrar o monstro entre os recifes, para que o sol o matasse dez horas por dia. Mas coração de Iaquiá é coisa comprida. As crianças gostavam dos cabelos de Lael, com eles faziam estranhas bicicletas. Ter pesadelo com Lael era presságio de boa colheita. E mesmo quando navegantes espanhóis invadiram a cidade, foi o canto de Lael, mais o grito de Alceia, quem espantou a coragem dos inimigos.

O primeiro prefeito de Iaquiá é o Vento Sul. O segundo não é ninguém. O terceiro prefeito de Iaquiá é o sábio Céu. Na véspera da invasão espanhola, entre apupos do povo, o sabidíssimo alertou: talvez exista vida além de Iaquiá. Acertou e foi eleito. Prefeito, Céu ordenou três gatos à fome de Lael, três pedradas à memória de Alceia. Este período foi registrado como "a época das duas felicidades".

Alceia, vendo o filho amado por todos, tinha medo de que ele se esquecesse de lembrá-la. Exigiu que o metessem numa jaula, rasgassem da folhinha o dia dos gatos. E determinou dez tipos de tortura. A oitava era arrancarem-lhe o bonezinho azul, onde ele, nos feriados, se amava em solidão.

Enjaulado, Lael emagrecia cinco centímetros por quinzena. As crianças, à noite, levavam-lhe balas e horóscopos. E seu nome passou a significar "o-que-vive-para-a-morte".

Mas Alceia queria mais. Obrigou Céu a publicar um decreto, transformando Lael num pássaro preto. Transferiram-no para estreita gaiola, passaram a alimentá-lo com alpiste e altas paisagens. Céu, azul de remorso, tentou anular o decreto. Era tarde. Não podia cortar as asas que nasciam nas costas de Lael, nem estancar a cantoria que pingava de seu bico.

Mandou soltar o monstro. E então as pessoas viram. Lael indo voando para a profundeza das alturas. Ninguém queria essas tristezas, todo mundo tapava a vista com as mais grossas lágrimas. "Vem", a voz de Alceia vibrava nas nuvens. Atrás do rastro da mãe, começou, no alto e sozinho, a se incendiar. Iaquiá viu Lael pegando fogo, deixando escrito, no longo rolo da fumaça espessa, todas as letras da palavra amor.

Mal do século

Casimiro adentra o quarto, atrasou-se vinte minutos para a entrevista que marcamos. "Sabes que horas são?", pergunto-lhe, tentando disfarçar o suor ansioso que meu rosto inunda. "Quase meia-noite em Paris", responde-me sorrindo, e despe o paletó.

É um menino. Examino-lhe as mãos. Dedos finos como devem ser os de uma fada.

Tenho tido muitos sonhos, e nada pior para um poeta do que sonhar de verdade, na cegueira da noite. Os restos dos sonhos me perseguem durante o dia, e não sei o que fazer com tantas cenas estúpidas. Já não basta tê-las sofrido no pesadelo? Precisam retornar à luz do sol? Ontem sonhei com o baile. Na extremidade esquerda do salão, aquela mulher me obrigava a desejá-la. Cabelos, olhos, leque e véus – negros, negros. Levei-a à valsa. Rodamos ao som da orquestra, em doidas espirais. Aproximei-a de meus lábios. Quando ia beijá-la, percebi que seu rosto se transformara numa caveira. A nosso lado, quatro pares de esqueletos também dançavam. Tíbias, metatarsos, perônios e fêmures cobertos por finas rendas e sedas francesas. Fugi apavorado, atravessei uma alameda, pulei uma cerca de arame farpado e só me tranquilizei ao perceber que finalmente chegava a um ambiente familiar: logo reconheci a paisagem de Paris. As estáveis estrelas se estilhaçavam ao arrepio das águas do Sena. O vento invernal uivava nas frinchas das portas. Meu Deus, mas que voz era aquela, que recortava como agudo estilete o negrume noturno? Aproximou-se de mim o vulto, sempre cantando, e de sua boca saíam canções que já ouvira na infância: era Isaura, antiga mucama da casa. Não entendi o que uma escrava saída de Niterói vinha fazer em Paris. E só encontrava uma explicação: ela viera cantar para mim. Sentou-se no chão, as costas largas apoiadas contra a amurada. "Deita, Nhonhô. Dorme aqui no meu colo".

Dedos finos. Treze anos, e, como as fadas, ele também não tem barba. Mas, diferente delas, escreve poemas. Veio a meu quarto mostrar seus versos. Enquanto me passa um caderno manuscrito, percebo que não consegue desviar o olhar do anel de ametista que uso no anular direito. *Treze primaveras* é o título que deu ao caderno, numa caligrafia bem talhada e masculina. Começo a folheá-lo. Casimiro se ergue da poltrona e vem sentar-se a meu lado, na cama. Faço esforço para me concentrar nos versos.

Não gosto dos poemas. O rapaz já leu muito, mas leu mal. Como é possível aceitar que alguém, aos treze anos, rime "ananás" com "trá-lo-ás"? Decerto é influência do pai dele, português e verdureiro. Prossigo a leitura. Casimiro achega-se ainda mais, como se quisesse acompanhar minha reação a cada um dos versos. Virgens, sonhos, desmaios, será que a poesia é só isso? "O que lhe parece, Manuel Antônio?". Não tenho coragem de lhe dizer a verdade: ele jamais será um poeta. Possivelmente daqui a dois anos estará trabalhando de peito nu e tamancas na quitanda do pai, e as folhas das *Treze primaveras* servirão para embrulhar bananas. Quem nasceu Casimiro nunca chegará a Maciel Monteiro. "São ótimos os poemas", afirmo. "Estou certo de que serás um grande escritor. É impressionante a tua cultura literária. Faz muito tempo que...".

"Deita, Nhonhô. Dorme aqui no meu colo". A lembrança volta a rodopiar na minha cabeça. Distraído, aproximo em demasia os poemas da chama inoportuna de uma vela. Nossas mãos rapidamente se tocam no afã de impedir que o caderno se queime.

Casimiro José se levanta, ajeita as folhas, dirige-se para a porta. Não sei se acreditou no que eu disse, ou se desconfiou de que eu repetia o mesmo elogio para todos. Peço: "Não partas tão cedo!". Insisto: "Vamos falar mais de poesia".

Teatralmente, acendo um charuto e, andando à roda do menino, recito-lhe "Se eu morresse amanhã!". Entre as estrofes, simulo uma tosse discreta, para dar mais drama à leitura. Ao vê-lo em êxtase, emendo com "Lembrança de morrer", e aí sou eu mesmo que acredito na história, terminando em lágrimas a declamação. Recomponho-me rapidamente, e, num impulso, abro a gaveta da escrivaninha e dela retiro um maço de papel. "Toma, vou te emprestar meus últimos poemas, a parte quatro de um livro que se chama *Lira dos vinte anos*, mas peço-te que m'os devolva até o próximo domingo, 25 de abril, quando vou partir em viagem. Há muito tempo venho escrevendo o livro, mas o que fiz recentemente me leva a querer jogar fora todo o resto". Leio, então, o primeiro poema da nova seção: "Meus oito anos". "Belíssimo!", entusiasma-se o rapaz.

Com meus originais sob o braço, prepara-se para sair, segura a maçaneta. Por três segundos ponho a mão sobre a dele, tentando impedi-lo de completar o gesto. Percebe que estou confuso. Vira-se de súbito e nossos rostos ficam milimetricamente próximos. Faz um gesto carinhoso em meus cabelos, os corações são trezentos tamborins. Casimiro aperta o meu ombro, e depois, deixando com delicadeza os dedos percorrerem o meu braço, suavemente me diz: "Não".

Sant'Antônio das Palmas

Eu vi um homem lá na grimpa do coqueiro, ai-ai,
não era homem, era um coco bem maduro, oi-oi.
Não era coco, era a creca de um macaco, ai-ai,
não era a creca, era o macaco todo inteiro, oi-oi.

("Cantiga de espantar males")

Porém o fato é que, naquele antigo tempo, Antônio desacreditava em feiticeiros. Aprazia-se na mofa: que ninguém, ou Quem Fosse, pudesse alterar o reto caminho humano. Proprietário de uma fazenda, de duas mulheres e três filhos, gostava de duvidar. "Amanhã não chove", apostava, apóstolo dos oráculos meteorológicos, trazidos todas as manhãs pelos mais modernos jornais.

Era aquela uma aprazível natureza.

Azougue-dos-pobres, baratas, batráquios, cobras, dilúvios, doenças, estrias, ficínias – lá não existiam. Havia o haver comum, no trivial dos bens-bons: figueiras, estrelas-do-egito, dengos, dálias, colibris-rubis, besouros, batatas-brancas, amores-do-mato. E os dias andando devagar, para a aurora não embicar com o crepúsculo.

Seguro de sim, Antônio decretava o que fazer, quanto comprar, quando vender. Aumentava-se, quase científico. Pés de alface, patas de bois, ciscos de pintos, de tudo se compunha a terra. Ele, de conta-gotas, ia dando de beber ao futuro.

Quando Flor se findou, mal quis concordar que ficara semiviúvo: enterrou-a com frases molhadas de "não, não". A faixa, no adorno da coroa, cintilava uma longa saudade: "Inglorio sera Flor viver sem ti". Ana, meio esperta, calculou que passaria a ter o dobro de marido. Afonso, Fabrício e Fulgêncio estavam longe, respirando o giz da escola. Dois deles choraram, Afonso emprestou-lhes a ponta seca de um lenço, prometendo que Ana seria a mãe dos três.

Incréu que era, nem pensava em missa de semana para a finada Flor. "Na lembrança, ela é minha, diária e mensal". Disseram, mas, que era mau para o morto espírito não se cuidar desses detalhes. A contra e a desgosto, que viesse o padre. Veio. Passava em ferro embrasado as palavras, que voavam, altas anjas em canto e plumagem, por sobre o cimo do topo da cúpula: martírio e morte, ressurreição. Começou o padre, de preto, a súbito falar bem baixo, até que nada mais se percebeu: palavras dele ou som qualquer, circunsperto. Um silêncio sem molas ou chilreios, oco impávido dentro de si, fábrica do inútil, colher de alpiste oferecida a um cachorro. Antônio estava surdo. Surdo como uma janela, com fechaduras de frente e verso, todo incapaz de distinguir o branco do vermelho, ainda que à concha de seu ouvido lhe soprassem as palavras "açucena" e "rosa".

Inflado de tanto silêncio, decidiu, tristíssimo, morar no lugar menos múrmuro do mundo: as coisas do redor sendo mudas, não teriam modo para xingá-lo de surdo. Escolheu esconder-se num descampado, fora da fazenda, um sítio seco situado atrás da Serra do Psiu.

Daí a dois dias e meia-hora, beijou os cabelos e o choro da mulher, e foi andando no meio da trilha.

Logo apareceram os dois moleques, com as palmas, as cordas, as pás e um coco. Eram malévolos, de uma ruindade invicta. Arnaldo, eis o nome do pretinho. Ari era o outro. Tinham sido contratados na véspera, e agora levavam a bagagem de Antônio, indo na frente, nu coberto de capa e chinelos, sem olhar coisa nenhuma. Apertava na mão uma lasca de vidro, o sangue indicaria aos meninos o caminho de volta. Pagava no vermelho os pecados da descrença, jurava que se ficasse de novo audível, mesmo que só de um lado, construiria uma igreja tão grande que nela caberiam, além de doze santos e muitos fiéis, uma orquestra inteira, mais dois pianos, um lustre de cristal e um maestro.

A fazenda se afastava. Pararam na beira de um vazio. "É aqui onde o senhor vai estar?", perguntou Ari. Antônio, com gestos de girassol, fez que sim. Agora, ele não dizia: só apontava. Arnaldo começou a cavar. Dez centímetros mais tarde, o homem enfiou os pés no buraco. Estavam preparadas as raízes de Antônio. Cobriram-nas de terra, amarraram-lhe as palmas sobre o braço e penduraram, em volta do pescoço, o coco maduro. Os meninos teriam, semanal, a obrigação de mudar as palmas; quando a seca fosse braba, viriam regar os pés e o coco de Antônio. Depois de prendê-lo, furtaram-lhe a capa e os chinelos. Partiram rindo, horríveis de alegria.

Na manhã seguinte, o filho Afonso mostrou-lhe um pote de lágrimas: Ana, dorida, fizera uma coleta noturna pelo quarto dos serviçais da fazenda. Quase todos pingaram uma ou duas. Pediam, numerosas, que ele não ficasse.

Ficou. Tímidos, os primeiros namorados vieram descansar à sua sombra insone. Reclinavam-se no tronco, trocavam promessas e mordidas de amor. Em pouco tempo o corpo de Antônio estava repleto de corações, e dentro deles, em tosco talhe de canivete, as iniciais dos mais verdes amores.

Viam-no de boca aberta, a engolir vento e insetos, cujos zuins pareciam não lhe incomodar. Assim sobrevivia, conservado em formato de saúde. Outras nuvens passaram. Ana descascava cebolas e chorava na cozinha, já sob a proteção dos braços peludos de Alfredo.

Com a chuva, desceram as gotas enormes. As palmas tremiam de arrepio, águas cachoeiras rolavam pela barba de Antônio. Nas noites do frio, dois sabiás cantaram de amor, nele quiseram fazer abrigo. Áspera, sua pele era ninho de bicadas. É das árvores a discrição na dor.

Mas o público precisava de mistérios. Fizeram preces, queriam crer em Sant'Antônio das Palmas. Uma paralítica conseguiu comer. Um cego começou a dançar. Um bandido aprendeu latim. Tudo devia ser por causa do Árvore. O povo, aos pares, cortavam os pulsos e fecundavam com sangue as palmas do coqueiro. Em seguida, de costas, recitavam o nome dos mais próprios e pesados pecados. Depois beijavam a casca do coco e afastavam-se, de olhar enviesado. Muitas prendas se fizeram: adubo, receitas, moedas, testamentos. Tudo marchava para o bolso de Aníbal, dono do sítio seco e do coqueiro.

Gastou-se menos de um ano. As pessoas voltavam ao vem-vai da vida. Fabrício e Fulgêncio fugiram, desenredando-se de uns amores por certas pessoas erradas. Ari era operário em uma fábrica de tamancos. Afonso especializou-se em canos e ralos. Ana ia para a cama com Amaro, mas só no mato, escondida de Alfredo. Arnaldo era sempre visto em companhia de um bezerro. Em Antônio o coco era caco. As palmas murchavam na fraqueza de seus braços. Ninguém mais vinha ver o Bobo-em-Pé. Faziam-lhe companhia três tocos de vela.

Nũa madrugada honesta de estrelas, Aníbal decidiu. Era seu, de lenda ou de lei, o metro onde Antônio estava plantado. Bastante aguentara, em troca das oferendas que recolhia em pecuniário êxtase, como empresário vitalício de Das Palmas, sem falar em um ou dois milagres que o inquilino operara em seu favor. Agora, queria aprumar o terreno, deixá-lo limpinho, semear a fortuna em novos plantios. Antônio não se moveu ou não entendeu o que lhe berrava Aníbal – as árvores são surdas e lentas. O dono, por fim, decidiu: um golpe em cada perna derrubaria o Árvore. Antônio olhou a lâmina feroz. Segurou as folhas amarfanhadas. Por elas chamava a morte, no audaz mais belo. Aníbal atendeu o pedido, com um golpe forte que lhe rachou o tronco. Forte, tão forte, que ele agora está aqui, com suas palmas e um coco velho, completamente surdo e feliz, longe do aroma das maçãs e do silvo da serpente, no meio das outras plantas que eu criei no Paraíso.

Teoria das aves

O presente estudo pretende comunicar, com base nas mais solenes pesquisas científicas, alguns aspectos relativos à mecânica do voo. Desde já, limitemo-nos à Natureza. Aqui se falará de pássaros. Nada de aviões, bolhas de sabão, suicidas ou outros objetos aéreos.

Proponho duas questões, ambas magníficas: como e por que voam, em claro espaço ou densa nuvem, todos os pássaros do planeta.

Recentes escavações ascenderam à Verdade profunda. Nas minas da Albânia, foram localizadas às 13:30 de quinta-feira as escamas dos primeiros pássaros. A ciência comprova o que já sabiam os poetas: asa era coisa de nadar.

> *As aves nadam numa voz escura,*
> *As aves voam para mergulhar.*
> *Pelo seu canto nada além perdura*
> *Que o vasto espaço a confrontar o mar.*
>
> (João Lúcio Borges, "Úmido oceano")

Devia ser bem bonito. Para não se afogar, os filhotes ficavam no rasinho. Viravam a cabeça, primeiro boiavam. Depois, Deus separou a água e o céu. Puxou o céu com tanta força que muitos pássaros se colaram no azul. Alguns tiveram tempo de mergulhar: são os peixes-voadores. A maioria ficou presa no alto, tiveram de saber voar. As gaivotas, por exemplo. Declararam à época das águas seu mais límpido amor. Ao comerem um peixe, creem, por ilusão de ótica, que estão sendo devoradas por ele. Esta ilusão as alimenta. Por isso voam e matam. Querem voltar a ser o fundo.

Quantas espécies de pássaro existem? Cento e vinte, segundo o álbum de estampas *Maravilhas do aviário nacional*. Eu, pessoalmente, conheço quatro.

Espécie curiosa é o nhanhambá, ave adorada pelas virgens da selva. De tanto viver em árvores, o nhanhambá perdeu as penas e ganhou folhagem. Hoje já se pratica, no Médio Xingu, a plantação do nhanhambá, ou, mais familiarmente, "ambá", como dizem os silvícolas. É o símbolo da fertilidade: a fêmea produz os filhotes, o macho produz a coara, fruta gostosa e vermelha. Tal fruta é também adorada, pois, apertada entre os dedos, põe-se logo a cantar.

Estranho é o reino do curió-do-purgatório. Nascem e voam sob a terra, obedecendo às ordens do curió-do-inferno. Fala-se muito mal desta ave. Dizem que é eterna, podendo viver, além disso, por mais três meses. Obriga os curiós-do-purgatório a trabalharem dia e tarde. Conversa com cobras e lagartos, é o único pássaro que fala dois idiomas.

Um problema que sempre nos atormentava: a origem das palavras. O homem, tão pequeno, olhava o grande céu e indagava: "Como comecei a falar? Quem me ensinou a cartilha das coisas?”. Se, em vez de olhar para cima, olhasse para o lado, encontraria a resposta. A seu lado, encontraria o papagaio. Não há mais dúvida de que foi ele o nosso mestre. Desenhos encontrados em praias australianas trouxeram a prova definitiva. Neles, vê-se o louro cercado de índios negros, que contemplavam os próprios pés. Naquele momento, o papagaio lhes dava uma lição de anatomia. Depois, fascinado pela magia de sua fala, e pelos aplausos que ouvia a cada novo fonema, o bicho passou a imitar-se eternamente, não preparou a segunda lição. Dá pena vê-lo dizer, até hoje, “Dá o pé, dá o pé”. Quando se recorda da glória antiga, seu olhar brilha como há cem mil anos, em plena noite australiana. Sacode as penas e, com a modéstia de um deus vencido, volta a ensinar, à madeira, ao pão e à corrente, as primeiras sílabas do mundo.

MOVIMENTO

Primeiro Movimento

Um método de escrever. Cenas da infância. Ana, Adolfo, Nataniel e Mateus. Análise do poema "A mancha". As aventuras de Telêmaco preso no relógio. As aventuras de um velho bêbado cercado de lobos.

É preciso contar. Meu corpo treme de frio, o papel parece aumentar seu limite branco nas minhas mãos. Mas eu resisto. Sempre vivi imaginando histórias, tecendo minuciosamente os enredos mais complexos, para tudo desembocar no silêncio. Três, quatro páginas, e lá vou eu guardar os originais nesta gaveta – está vendo? É essa, azul – que recolhe os fragmentos rabiscados, os planos narrativos, o romance que nunca concluirei.

Sete anos. Há sete anos convivo com Telêmaco, meu personagem favorito. Sei como ele deve agir, sei o que irá lhe acontecer: uma noite, Telêmaco é despertado por uns ruídos estranhos, vindos de um relógio de sala, velho e enguiçado. O relógio começa a funcionar e o tempo, nele represado há muitos anos, ameaça explodir, estufando a madeira apodrecida. Telêmaco, então, passa a morar dentro do relógio, para viver de novo aquelas horas intactas.

Poderia descrever detalhadamente meu personagem, dar-lhe infância, escola e velhice, mas desisto. Este tema me envolve de um modo tão absurdo (cheguei a "ver" Telêmaco na rua duas vezes) que comigo mesmo tentei fazer uma experiência semelhante. Não, não, é mentira, eu nunca faria uma coisa dessas. E, se tivesse feito, não iria contar.

Mas eu lhes prometi uma história. Reconheço que não ordeno bem as coisas, me confundo, me contradigo. Agora, por exemplo, estou ludicamente vendo as letras se juntarem nesta linha horizontal, e aciono mais e mais teclas de minha máquina, sem me importar em saber se elas estão dizendo alguma coisa. Qual o significado do que acabei de escrever? É algo que se diz a si mesmo, não se transpõe. Assim gostaria que as histórias fossem: alguma coisa que viesse inteira, bastava iniciarmos que ela nos conduziria a seus labirintos secretos. No entanto sou eu, o pobre narrador, que se esforça para que vocês sintam tudo como "natural", "espontâneo". Gostaria de avisar que isto não acontece com o que escrevo. Não, não é justo que meu trabalho se oculte apenas para maior naturalidade dos personagens. Faço todas as intervenções que quero. Me deem, ao menos, o direito de ser artificial a mim, que todos obrigam a contar uma história.

Viver me atormenta. Seria bem mais fácil imaginar-me um personagem, dizer, em forma de ficção, o que me inquieta e me perturba: aí, tendo a desculpa de estar fazendo arte, não correria o risco de ser acreditado. Não é fácil falar de mim. Além disso, vocês estão mais interessados na história que prometi inventar, talvez até preocupados por já estarem na página 6 e não a terem vislumbrado. Mas isto não me inquieta, ainda. Ontem, recebi uma carta de Ana. Sei que ela me reprovaria por estar aqui me desnudando de corpo e letra a quem me lê. Mas Ana, ela é muito estranha. Me escreve cartas longuíssimas, cita pensadores orientais que mudariam o destino do mundo – se não tivessem sido criados por ela. Ana tem um incrível prazer em imaginar seres exóticos, poetas malditos, filósofos gregos mais velhos que os pré-socráticos. Certa vez, me mostrou o desenho de um homem acéfalo. Explicou que este homem havia possuído duas cabeças, mas o peso de sua sabedoria era tão grande que as fez desmoronar, sem resistir à fragilidade do resto do corpo. Olhei para o papel em sua mão, respondi que sentia tudo aquilo, já que o peso daquela ausência era duas vezes maior que o peso de uma ausência comum.

Eu finjo que acredito em tudo. É minha forma de não perdê-la, de aprender coisas absurdamente exatas. Agora, a voz de Ana parece invadir o pequeno quarto onde escrevo. Deixo a máquina de lado, meu romance se adia outra vez. O que me importa é reler sua carta, deixar que cada frase entre em mim com a delicadeza de uma janela que se entreabre. Ela fala de minha inconstância, diz que sou incapaz de concluir um projeto criativo. No fundo, é assim que ela me admira: me sabe capaz de brincar com meu próprio fracasso, abrindo caminhos que logo abandono. Desistindo no começo, ao menos esboço uma hipótese de perfeição que, se eu prosseguisse, nunca daria certo.

Penso em Ana, volto a confundir-me. Não, não direi mais nada sobre ela. Afinal, Ana é uma pessoa viva, e é menos arriscado brincar com pessoas imaginárias. Descanso um pouco. Ah, agora estou lembrando, eu afirmei que lhes contaria como me tornei um escritor. Perdoem-me pela demora. Sei que o leitor se interessa pela vida particular do artista, quer saber o nome de seus pais e de seus amigos, o lugar onde nasceu, para quantos idiomas já foi traduzido.

Nasci há muito tempo, numa cidade brasileira. Tenho o nome de meu avô paterno. Gosto de vários escritores, mas nenhum deles nasceu na minha terra ou em suas redond

Interrompo o relato. Começo a lê-lo, não me agrada. Não incluirei o trecho na autobiografia que escreverei mais tarde. É irônico demais para mim, e detesto histórias que comecem pelo verbo nascer.

Gosto mesmo é de conversar à toa. Sabe, quando eu tinha seis anos, minha avó morreu. Seu corpo ficou na sala, imenso e branco, enquanto mamãe e meus tios choravam, falando baixinho o nome da velha. Não entendia aquilo direito, me dava uma vontade de apertar suas mãos, vê-la sorrir para mim daquele jeito gordo e suave. O sol me chamava com insistência, mais forte que o medo bobo que estava nascendo em mim. Eu não sabia o que era a morte, nem queria aprender. Tratei de correr para a outra sala, onde Adolfo brincava sozinho de exército. Cheguei devagar, subi os olhos até me fixar na toalha da mesa.

Me aproximei. A toalha era azul, e na parte inferior dois fiozinhos estavam soltos, fazendo uma espiral que quase tocava o chão. Soprei com força, para espiar o movimento das fibras enlaçadas. E comecei a pensar em muitas coisas diferentes: minha avó na cadeira de balanço, a borboleta que Adolfo escondeu na boca dizendo pra mim é gostoso, suas asas parecem duas hóstias vivas, mas não morde, que é pecado sentir a carne de Deus.

Adolfo subiu na mesa, fechou os olhos imitando vovó. Ele ficava bonito, o cotovelo fincado naquela mancha - eu me lembro - de uma cor vermelha, talvez de uma fruta que ele tivesse esborrachado só pelo prazer da explosão. Beijei seu rosto, macio como o da velha, descobri entre os dedos cerrados um punhado de terra úmida. "Vou plantar feijão no meu peito", me disse, abrindo os grandes olhinhos.

Me lembro de Adolfo. Eu tinha uma espécie de ódio por gostar tanto dele, de querê-lo sempre perto de mim. Voltei à outra sala. O corpo de vovó tinha uma cor serena, igual a antes de eu colorir o Céu da cartilha. Não consegui chorar, não consegui sentir nada. Até hoje sou assim.

Agora são quase seis horas da tarde. Interrompo essas recordações, não era isso que eu queria dizer. O mergulho na infância me fez novamente desviar para um passado que não interessa. Por que falei de minha avó, de Adolfo? Não sei. Se alguma coisa ameaça me envolver sentimentalmente, mudo logo de assunto, leio um livro técnico, aprendo fórmulas químicas. O cimento é um pó aglutinante obtido por ustulação.

Não lhes falei ainda de um conto que me persegue há vários anos, e que talvez eu não consiga escrever: um homem vive dentro de um relógio quebrado, tentando absorver o tempo que se acumulara nas engrenagens doentes. Dei-lhe o nome de Telêmaco, imaginei em todos os detalhes como seria o homem. Mas esse tema se tornou tão obsessivo que cheguei a ver meu personagem na rua sete ou oito vezes. Na quarta vez, ~~ele se aproximou de mim para pedir cigarros, só que não tinha, olhei-o de frente. Pensei que iria me agredir, mas~~

Resisto à tentação. Não importa a ninguém como enfrento minhas alucinações, meus pesadelos. Minha vida íntima, Ana também conhece. É o que me basta. Quero falar de coisas neutras. Por exemplo, aquela mancha que vejo na parede do quarto. É uma forma pura, isenta de qualquer acontecimento que eu tenha vivido. Seu jeito de coisa parada lembra os ponteiros de um relógio antigo. Quando volto de uma viagem, ela parece ter diminuído, como se o tempo rodasse ao avesso e a levasse de novo à gota inicial. Nataniel de Araújo, poeta simbolista que, segundo Ana, tem o costume de morrer às três horas das quartas-feiras frias, escreveu um poema sobre a mancha. Ana me mostrou a obra completa de Nataniel, três poemas e um fragmento de diário. No diário, revela enorme preocupação com sua infância, analisa seu presente como uma imensa metonímia de trechos do passado. Eu acho que sou bem mais simples. Não gosto de especular com o que vivi e, se algo me preocupa, é criar histórias que nada possuam de mim. Penso que Nataniel já nasceu sério e de óculos, meditando sobre a conciliação dos opostos e outras coisas complicadas. Ana riu, disse que eu estava certo. "A mancha" foi escrita quando ele tinha oitenta e dois anos. "A mancha" é dos poucos poemas de Nataniel de Araújo, que, além dele, apenas escreveu fragmentos de um diário, cujo tema principal é o fluir do tempo, a análise do presente como uma sinédoque do que fomos no passado. Penso que Nataniel já nasceu com gravata e miopia, meditando sobre a síntese dos opostos e outras coisas difíceis. Ana não gostou de minha observação, disse que eu precisava entender, certos temas "necessitam de um tom grave e austero". Tenho vontade de reler "A mancha". Poderia transcrevê-lo corretamente, era só apanhar a pastinha verde onde escondo minha correspondência. Mas sou um bocado preguiçoso. Teria de procurar com calma, sem dúvida me deteria para reler cartas antigas, e isso não me anima. Eu tenho quase certeza de que sei o poema de cor.

A mancha
é um mar imóvel
como um lobo
em ventania.
Condensa em si
o novo antigo,
cristal partido
ao meio-dia.

Acho que é assim. De qualquer modo, a poesia me desnorteia. Não me contento com o conhecimento sensível, gosto que me expliquem tudo, tudinho. Às vezes, em meus próprios sonhos, me vejo a analisar o ridículo da simbologia, a desmontar toda a engrenagem onírica. Quando estou lendo poemas, me contento em pensar que tudo é literal, que os fatos estão acontecendo como o poeta diz. Volto a ler o poema de Nataniel. Imagino uma praia parada, cercada de uivos desesperados. O sol é forte, e ninguém pensaria que essa praia abandonada pudesse servir de cenário a um conto. De repente, aproxima-se um velho (é provável que não tenha ouvido os lobos). Seus passos exalam o silêncio de um livro fechado. Agora, observem, ele está parado diante do mar, igual a uma estátua suada. Tropeça em sua ausência de movimento, quebra o copo de cristal que escondia na mão direita. Os estilhaços encravados formam um minúsculo buquê de sangue.

Como prosseguir com a história? De que serviria se eu prosseguisse? Pela janela, meus olhos cobrem uma realidade enorme, que existe apesar de mim. Não posso fazer nada. E desanimo cedo demais. Essa realidade quer me impor uma hierarquia que não entendo. O cinzeiro onde meu cigarro descansa é menos importante que meu quarto, e meu quarto deve ser menos importante que meu corpo. Porém, quando o cinzeiro, o quarto e o corpo viram palavras, e eu, ao invés de agir com eles, me protejo em suas couraças de letra, passo a amá-los de modo igual. No ginásio, o professor pediu uma composição sobre o que tínhamos feito de interessante naquele mês. O nome do mês – novembro – era muito mais bonito do que tudo que ocorreu no calendário concreto que eu vivia. Escrevi trinta linhas de novembro, e nenhuma linha sobre novembro. Mateus entendeu o que eu sentia. Me deu um grau alto, mas não me expôs a ler a redação diante da turma. Eu me via inteiro naquele papel onde seus dedos haviam escrito "ótima". Entre o que eu escrevia e o que eu era não havia diferença. Mudei muito. Já disse que não me exponho mais. E só Ana sabe minhas inquietações, meus pesadelos.

Hoje, invento narrativas que me dão prazer, embora não sejam eu. Acho que não faz diferença. Mas nem sempre foi assim. E Mateus, será que ainda vive? Será que seus olhos cheios de livros e advérbios sabem que seu aluno é um homem confuso, que nem consegue ordenar um simples enredo e que até hoje vacila entre escrever "espontâneo" com xis ou com esse?

Os lobos se aproximam, o velho bêbado enterra o rosto na areia. Umas dez linhas seriam suficientes para descrever os gestos lentos do velho, deixando os grãos entrarem em sua roupa, permitindo que a pele fria da água tocasse no seu corpo vacilante. Mais quatro linhas, ele começa a erguer-se, olha o copo quebrado, sabe que vai morrer. É totalmente inverossímil sua fuga: está cercado de uivos famintos, está embriagado e ferido. Mas eu não queria que ele morresse. "A comparação é uma espécie de metáfora", a voz de Mateus explicava. Ana, repare, mais uma história que não consigo terminar. A piedade que sinto pelo velho começa a transformar-se numa raiva grande: ele não vai morrer, não tenho coragem de dizer as palavras que matam, e eu, seu criador, naufrago no fracasso de não querer, como pede a coerência, condená-lo à morte. E o pior é que se o velho, se fosse gente de verdade, talvez até me detestasse: fui eu quem o embriagou, quem dilacerou seu pulso com o cristal partido.

Não, não fui eu. Foi Nataniel de Araújo, poeta simbolista, autor de dois poemas e um diário incompleto. É ridículo ter pena de personagem, eu, que não chorei nem quando vovó morreu, alguém dizia "leva o garoto para se distrair lá fora", eu queria examinar as veiazinhas azuis e paradas. "Deixa, deixa dar um beijo nela", meu último beijo naquele rosto silencioso como um relógio quebrado. "Ana, será que o velho poderia não estar tão bêbado assim e encontrar forças para fugir?". Olho de novo a mancha. Viver me envelhece muito. E não me lembro do que fiz em novembro.

Paro de escrever por alguns instantes. Agora, dois nomes – Pedro e Paulo – brotam em meu cérebro. Percebo que as ideias se confundem na minha cabeça, e eu ainda não lhes disse nada de importante. Não, não precisam se inquietar, sei que lhes devo uma história. E é impossível qualquer adiantamento. Descanso um pouco, concentro no papel branco minha força de imaginação. Meu olhar se desvia até a rua, vejo um homem que, de costas, se parece com Telêmaco.

Segundo Movimento

As aventuras de Paulo, um mau escritor. As aventuras de Pedro, um bom escritor. Vantagens e desvantagens da verdadeira Arte. Um anúncio de jornal.

"Um ruído pequenininho arrancou Paulo de seu sono. A casa estava fechada, eu me lembro de ter trancado tudo, será que é uma janela batendo? Virou-se para o lado, não conseguia dormir, aquele barulhinho martelando na cabeça. Não adianta, enquanto não souber o que é isso não fico sossegado. Levantei-me depressa, corri a casa toda, reforcei a tranca das portas. Eu havia trabalhado demais naquela noite (tinha o prazo de um dia para entregar meu último romance à gráfica), e estava me convencendo de que minha tensão excessiva é que tinha inventado o ruído. Mas ouvi-o com mais força, desta vez na sala.

Sobre a mesa, se espalhavam os originais de seu romance, *O vampiro da Lapônia.* Era a estranha história de um Papai Noel vampiro, que atacava as crianças na noite de Natal para transformá-las em morcegos repugnantes. Paulo ainda estava calmo. Bobagem, eu estou é preocupado, acho que não vai dar tempo de acabar o romance até amanhã, o editor me disse, é impossível qualquer adiantamento. Viu o relógio da sala, quebrado há muitos anos. De novo o barulho, agora suave como fruta que se corta. É absurdo, mas parece vir do relógio. Paulo aproxima-se bem devagar.

Aproxima-se bem devagar. O garoto dormia tranquilo. Dentro do saco, se misturavam centenas de morcegos. A sede do Noel, no entanto, era inesgotável. Cravou os dentes afiados no pescoço da vítima, deliciando-se com aquele sangue novo. O garoto começou a encolher, tomou a forma de um morcego. Quando ficou bem miudinho, o velho atirou-o dentro do saco. Fizera uma bela colheita naquela madrugada. Agora, já podia voltar para casa. Tentou abrir a janela, estava meio emperrada.

Estava meio emperrada. Afinal, havia muito tempo que ele não mexia na porta do relógio. Com um movimento brusco, conseguiu puxá-la. Então, ele viu.

Um minúsculo rato saltou para o chão. Depois, deteve-se por alguns segundos. Parecia não enxergar os pés de Paulo, rentes à sua cabeça. Até que decidiu correr, fugindo para debaixo da mesa. Paulo ainda estava calmo. Acompanhava a pequena dança do animal, seu bailado torto entre as pernas da mesa. Era como se tudo tivesse se interrompido e existisse apenas um homem imóvel e um minúsculo rato com seu poder de coisa viva. Paulo, silencioso como um relógio avariado, por dois ou três momentos pensou em abrir a porta, espantar aquele bicho. Quando tinha visto um rato pela última vez? Engraçado, lembrou-se de que, no colégio, era conhecido como Rato. Agora, medíocre escritor de histórias fantásticas, começou a comparar sua vida com a do animal. Um ser medroso, repugnante, que não sabe o que fazer para se esconder dos outros. Paulo, repare como o animalzinho está confuso, talvez estranhe a sua paciência, não é normal alguém ver um rato desprotegido sem atacá-lo com violência. Ele já espera a agressão. E só tem defesa na fragilidade veloz de suas patas.

Paulo ainda estava calmo. O melhor é abrir a porta, deixar o bicho imundo ganhar liberdade. E se ele não for? E se eu tiver que enfrentá-lo? Sei que é ridículo, mas ele parece não ter medo de mim. Me chamavam de Rato, quando eu era pequeno. 'Ih, o Rato não faz nada direito. Rato, deixa eu copiar o dever'. O animal começou a andar desordenado, e suas patas se cravavam na madeira com um silêncio desesperado de piano antigo.

O suor começou a escorrer da cara de Rato. As mãos foram tateando até o armário, em busca de um pedaço de pau.

Sem a menor piedade, cravou a estaca no coração daquele monstro. 'M...meu filho', balbuciava o pobre pai, tentando reconhecer, no meio de 237 morcegos, os traços fisionômicos de sua criança. Olhou para a estaca em sua mão, viu o animal indeciso entre o armário e o sofá. Então, comecei a odiar. Senti que precisava destruir o animal, embora não soubesse por quê. Arremessei meu corpo contra ele, derrubei a mesa, o rato conseguiu escapar. Iniciei uma perseguição louca. Os originais de meu romance voavam pela sala, me descontrolei, comecei a atirar naquele bicho esquivo tudo que ia encontrando: meu maço de cigarros vazio, dois copos de geleia, dois cinzeiros, três cavalos de xadrez, um limpa-tipos, cinco folhas de papel carbono, dez fósforos usados. Finalmente, ele cedeu. Parou, exausto e ferido. A mancha de sangue espalhada pelo chão compunha um desenho estranho, parecido com o contorno de um lobo em miniatura. Mais adiante estava ele, quase morto, esperando meu gesto final. O Rato é muito bobo, a gente faz o que quer com ele. Peguei o animal. Eu sabia que isso me enojava, nunca havia tocado na pele de um rato. Era uma forma de martírio. Eu estava inventando a morte, e queria me punir pela ousadia. Eu via, com fascínio e horror, aquela agonia de carne e osso, tão diferente da agonia fingida de meus personagens, em que o sangue era apenas um problema de seis letras.

Nossos olhos se encontram, os meus estão firmes, os olhos dele tremem, medrosos. Por que não acabar com tudo? Esta dor é horrível, meu corpo não resistirá muito tempo. Bem que eu não devia ter entrado na casa. A porta entreaberta - eu me lembro, era de tarde - não resisti. Pelos cantos, nem um restinho de comida. Perambulei em todos os cômodos, vi que alguém chegava, me escondi no relógio. Fiquei lá quietinho, pensei em fugir, não aguento a dor, quando o homem começasse a dormir. Me enganei. Eu estou morrendo. Ele me descobriu, cheguei a pensar que me deixaria ir embora. De repente, começou a me perseguir. Um cinzeiro me atingiu na cabeça. Tremi de medo, eu vi o sangue fazer desenhos no chão. Parei, fiquei esperando, não adiantava mesmo eu tentar reagir. Agora, tremo de nojo. Nunca permiti que mão humana me tocasse e aqui estou, sentindo esses dedos repugnantes me esmagarem numa carícia cruel.

Tremo de nojo. O corpo vivo agoniza em minhas mãos, e os filetes rubros se tornam tão espessos que tenho a impressão de segurar somente uma cor, livre de qualquer matéria. Aproximo o rato de minha cara. A distância que nos separa é tão pequena que pareço respirar seu fôlego arquejante, já não sei onde termino ou ele começa, já não sei se existe alguma distância ou se nós nos continuamos, simplesmente. Qual será o gosto de um rato? Uma borboleta deve ser tão neutra como uma hóstia. Sempre esmaguei insetos. Nunca incluí esses seres inferiores em meus livros. A única exceção, creio, são os morcegos, mesmo assim porque eram crianças enfeitiçadas por Noel. Para o inseto, qual deve ser o gosto da boca humana? Dente, língua, saliva, num beijo doloroso que o envolve inteiramente.

Os lábios de Paulo se aproximavam do rato. Fechou os olhos com um horror resignado, esfregou o pequeno corpo em sua cara. Como um vampiro, abriu a boca para sorver aquele sangue novo. A agonia do Rato chegava ao fim. Jogou o animalzinho ao chão, espalhou as manchas vermelhas de sua mão na parede branca da sala. Paulo, lentamente, começou a catar os originais de seu romance. Precisava acabá-lo depressa. Como o pai iria se desfazer do cadáver do vampiro? Precisava embrulhá-lo, jogar fora aquele corpinho inerte, depois então trataria de apagar a mancha que fizera na parede. Espiou o ratinho, tombado no chão. Uma ideia absurda nascia em seu cérebro. Seu coração batia com a força de um

Pedro levantou-se da mesa. Releu o conto com atenção, estava quase pronto. Sua ideia era terminá-lo com a morte de Paulo, que provavelmente enfiaria uma estaca no coração. Na manhã seguinte, quem sabe, estaria mais descansado e poderia inventar com calma o desfecho. Também lutava com o título; "Um rato" era muito óbvio, talvez optasse por "O vampiro" ou ainda "Buquê de sangue". Voltou a sentar-se, guardou os originais, foi ao banheiro. Procurou o espelho, a luz da lâmpada invadia o aposento como um ladrão cotidiano. Tentou dormir um pouco. Difícil, com todo aquele calor. Vagueou pelo quarto, achou um jornal velho. Começou a folheá-lo, desinteressado. Na penúltima página, se deteve num anúncio. QUERES SENTIR O PRAZER DE CRIAR? QUERES SER ESCRITOR? ENSINAM-SE TODOS OS GÊNEROS. CARTAS, COM PRETENSÕES, CURRÍCULO E RETRATO, PARA ESTE JORNAL, SOB O NÚMERO 3591. Pedro, não seja curioso, não responda a esse apelo, você até que escreve bem. Para que perder tempo, se envolver com essas coisas?

Agora, focaliza-se a mão de Pedro em primeiro plano. Observe-se sua letra regular, que, segundo certos grafólogos, revela uma personalidade estável, não sujeita a influências externas. Ele responde ao anúncio. Como se observa, está usando um tom impessoal: relação de obras publicadas, cursos que frequentou. Na décima segunda linha, confessa que domina o conto, mas gostaria de escrever uma novela. Retrai-se um pouco o campo visual, surge em destaque o rosto de Pedro. Parece repetir, em voz baixa, o que está escrevendo. Concentra o olhar em algum ponto indeterminado, volta a conduzi-lo para o papel.

Nova aproximação, e neste momento só se focaliza uma gota de suor entre dois fios de bigode. Vista de perto, parece um mar imóvel cercado de areia negra. Um rápido recuo e obtém-se uma panorâmica do quarto: um armário cinza com portas revestidas de feltro, duas camas de solteiro, uma escrivaninha, uma cadeira entulhada de roupas, jornais e revistas espalhados pelo chão, uma biblioteca com cerca de 500 livros. A cama de Pedro está desarrumada; sobre a outra, se veem uma almofada e um guarda-chuva. Agora, num movimento contínuo, se alternam as duas imagens: a do quarto e a da gota de suor, numa velocidade tão grande que acabam se superpondo: a gota parece cobrir o aposento inteiro. Os objetos começam a perder o contorno. Progressivo escurecimento do quarto, como a indicar a sonolência do homem.

Terceiro Movimento

Planos de mudança. As aventuras de Madalena. Tributo ao passado. Visita a Zunglash: aspectos gerais e particulares. O verdadeiro significado da amizade a cães e pássaros.

Daí a oito dias, Pedro recebeu uma carta. Nela, madame Zunglash dizia que o escolhera, entre vários candidatos, para receber seus ensinamentos. Ele deveria visitá-la naquela manhã, pois Zunglash estava se preparando para viajar. Pedro, na verdade, já havia esquecido o episódio. Nem sabia direito por que respondera ao anúncio, talvez para se distrair até o sono chegar. Provavelmente iria visitá-la. Um nome tão estranho, o dela.

O tédio, como uma navalha afiada, cortava sua vida. Não custava nada arriscar-se um pouco, conhecer outras pessoas, quebrar a monotonia silenciosa de sua casa. Quarenta e dois anos de idade, centenas de livros lidos. Vida inútil, de rato. Há vinte anos na mesma profissão, que odiava: colocar em ordem alfabética o nome dos clientes de uma companhia de seguros. Quando voltava do trabalho, se atirava à máquina, escrevia contos que não mostrava a ninguém, ou que ninguém se interessaria mesmo em ler. O último foi "Beijo de Sangue". Não conseguiu terminá-lo. Quem sabe se madame Zunglash poderia dar alguma ideia, sugerir alguma mudança? Sim, iria visitá-la. Inventaria uma desculpa qualquer, faltaria ao trabalho. *Paulo olhava o ratinho morto. Nenhuma piedade em seu coração endurecido.* Pedro foi para a sala. Na mesa, uma toalha azul, com dois fios entrelaçados. Chegou perto, soprou os fiozinhos unidos, que começaram a fazer um estranho movimento. Deixou-se ficar ali, absorto na gratuidade do gesto. Depois, arrancou-os com força, levando-os para perto dos lábios. Sentiu nojo daqueles fios encardidos, há quanto tempo não lavava a toalha? Abriu a janela, deixou o sol bater com impacto em sua pele amarelada. Precisava mudar de vida, era o que repetia para si mesmo há quinze anos e alguns meses. Via a claridade, as pessoas que passavam carregando envelopes, pressa e outros objetos matinais. Por três minutos, contemplou uma velha esperando o ônibus. Ele provavelmente não a conhecia. Se a conhecesse, já saberia sua história. A quem Madalena[1] não conta o passado, as razões daquele crime? Olhou o relógio, estava na hora de sair. (Nada acontecia. A mulher parada na calçada, e Pedro imóvel na janela. A insistência com que são focalizados, no entanto, dá a entender que algo iria acontecer, envolvendo os dois. É possível que Pedro, ao sair, esbarre nela; é provável que ambos peguem o mesmo ônibus. Sim, algo deve uni-los. Se não, por que a insistência da imagem? Reparem, Pedro saiu da janela. Agora, só se observa o corpo da velha. Uma bruma envolve-o todo, sua figura vira uma mancha desfocada. Desfaz-se o tremor da imagem, é outra a situação: eis, num flashback, Madalena jovem. As roupas, os automóveis, situam a ação há cerca de trinta

1 Madalena de Oliveira assassinou o marido no dia 15 de janeiro de 1948. Após violenta briga que, segundo os vizinhos, teria origem no adultério da mulher, Fernando de Oliveira, marido de Madalena, estatura mediana, uma cicatriz no céu da boca, tentou estrangular a esposa, recorrendo a uma toalha de banho. Madalena cravou-lhe um punhal no peito cinco vezes, duas além do necessário. Levado o caso a julgamento, caracterizou-se a legítima defesa.

anos atrás. Acompanhemos Madalena. Ela chega a um sobrado, observem seus pés subindo a escada. Entra em casa. Não se podem acompanhar com segurança as ações, pois apenas a metade inferior de seu corpo é focalizada. Senta-se, cruza as pernas, as mãos atiram longe os sapatos negros. Atentem para a força do arremesso: um deles – aquele lá, com a fivela mais fosca – parou a 5,12 m de distância. Madalena se abaixa, parece procurar um objeto debaixo da poltrona. De repente, surgem duas pernas de homem, bem ao seu lado. Ergue o olhar. Madalena abre os lábios, irá dizer alguma coisa).

Eu vou contar. Juro, não aguento mais viver com meu segredo. Quando tudo começou? Bem, meu nome é Pedro. Sabe, eu sempre fui assim, meio calado. Portanto, se eu esquecer algum fato importante, se eu me contradisser, não fiquem envergonhados de me interromper, perguntar o que vocês quiserem. Só quero que saibam toda a verdade. Trabalho há dezoito anos no mesmo ofício, que odeio: colocar em ordem alfabética o nome dos clientes de uma companhia de seguros, ver se as prestações estão em dia, essas coisas. Não existe coisa mais chata. Eu não reclamo pra ninguém, mas, por dentro, que vontade de mudar, de não depender desse empreguinho medíocre. Acho que tenho talento. Gosto muito de escrever. Agora mesmo estava acabando um conto, "O Homem e o Rato". Só falta o finzinho, mas isso não é problema, principalmente depois do que me aconteceu. Já lhes falei de madame Zunglash?

Esse é o meu segredo. Como já disse, eu era uma pessoa tímida. Para terem ideia, moro nessa rua há dez anos e a única pessoa que cumprimento é a velha Madalena. Vocês não a conhecem. Ela também tem os seus segredos, revelados pra mim aos bocadinhos: alguns na espera do ônibus, alguns na fila do pão, outros nos bancos da praça. Que ingenuidade, a dela. Outro dia, me revelou, envergonhada, que nunca tivera pássaros em casa - como se isso fosse algum crime monstruoso.

Se lembra de Fernando, seu marido, que sumiu há muitos anos, e ela trata sua solidão como a um filho único. De vez em quando recebia um presente, um par de sapatos, uma escovinha de cabelos, e já sabia: era coisa de Fernando. Tem uns dez anos que não ganha nada. Não sabe se ele morreu, se ele viajou. Perguntei por que haviam se separado. Ela tossiu, estalou os dedos, disse que quando era criança desejava sentir o gosto de um floco de nuvens. Até hoje não sei se ela não entendeu minha pergunta, ou se fui eu que não entendi sua resposta.

— E Zunglash?

— Sim, é claro, madame Zunglash. Um dia, achei no jornal o anúncio dela. Não sei por quê, mas aquilo me atraiu. Mandei uma carta, a resposta não demorou. Zunglash me escolhera para ser seu aprendiz. Dava seu endereço, marcava um encontro, e pedia que eu não faltasse, pois ela viajaria dali a algumas semanas e não sabia quanto tempo iria durar meu aprendizado. Sabe, é difícil explicar. Resolvi faltar ao trabalho, tudo. Me arrumei, me lembro que ainda dei uma espiada pela janela, pra ver o sol afiado, as pessoas passando. Já experimentaram ficar um tempão na janela, imaginando o que as pessoas conversam? Eu gosto muito de fazer isso, principalmente aos domingos, que é quando elas vêm com menos pressa. Uma vez, dois namorados estavam passeando. Comecei a imaginar seu diálogo, de repente disse "olha esse papelzinho dobrado". Não é que a namorada se abaixou para apanhá-lo? Era como se minha palavra criasse a realidade, ou como se a realidade dependesse dela para poder existir. Quando brinco desse jeito, faço uma voz para cada pessoa. Crio o timbre, a inflexão, às vezes invento discussões entre elas. Mas não tenho medo de que os vizinhos pensem que sou maluco, que falo sozinho. As paredes de meu apartamento são mais espessas que um dicionário. E eu falo baixo, tão baixo que nem me escuto. Não, não sou louco. Perguntem à Madalena, perguntem ao Inácio. Nunca erro o nome dos clientes, posso citar de cor o nome de duzentos, de trás para frente: Zulmira, Zózimo, Zaqueu.

— E Zunglash?

— O ônibus estava cheio, entrei assim mesmo. Tinha pressa de chegar. Viajava em pé, uma mulher[2] se ofereceu para segurar meus envelopes, eu disse que não precisava. Se adivinhasse o que iria me acontecer, acharia a rua onde desci extremamente falsa: deveria ser tortuosa, com casas velhas e abandonadas; no entanto, era cla-

2 Martha. Branca, trinta anos presumíveis. Mora a dois quarteirões de Pedro. Solteira, professora de canto e piano.

ra e reta, com casas novas. Nada indicava o que estava me aguardando. E o céu estava agressivamente azul, destruindo qualquer hipótese de chuva. Em poucos minutos cheguei ao endereço de Zunglash. Era um sobrado, tão bonito quanto branco. É lá que minha história começa. E eu vou contar. Sei que é impossível qualquer adiamento. Preciso contar, preciso de alguém que me acredite. Preferia não ter visto, ou que tudo fosse mentira, fosse inventado igual à minha história do homem e do rato.

Bati à porta. Percebi que do outro lado alguém girava a maçaneta.

(Imagens da viagem de Pedro. Constata-se que o ônibus está vazio. Lê-se, nas mãos do trocador, a manchete do dia: "Abateu o marido com um punhal". A imagem se prolonga, monótona. Pedro, sentado no terceiro banco, abre um envelope. Observa-se, durante o trajeto, a ausência de Martha: Pedro se confundiu ou, propositalmente, ludibriou as pessoas para quem narra sua história. Pedro desce do veículo, ágil como a voz de Mateus. Para, de fato, diante de um sobrado branco. São duas horas da tarde).

a maçaneta.

Um cão imenso pulou à minha frente. "Minha senhora o aguarda", me disse, rosnando com alguma simpatia. Fiquei parado, sem acreditar nos seus latidos. Compreendendo meu espanto, mordeu, de leve, minha mão direita, me puxou para dentro, para o sofá da sala. "Ela não demora", ganiu.

No alto do lustre havia um bando de pássaros que, ao me avistarem, começaram a voar em círculo, descendo na minha direção. Eu já tinha perdido a coragem de ter medo. Não sentia nada, imóvel no sofá. Patos, carneiros e porcos invadiram a sala. Depois, vieram gatos, cabras e formigas. Os animais se locomoviam no mais intenso silêncio, o som de suas patas igual ao meu fôlego. Em pouco tempo contei quarenta bichos. O bando de pássaros estava tão perto de minha cabeça que sentia suas asas roçando meu cabelo, pondo em mim uma coroa viva. O cão, indiferente a tudo, se acomodou em frente à porta, e seus olhos brilhavam como uma lâmina lisa. Ouvi um barulhinho de chinelos se arrastando. Os fragmentos de minha lucidez diziam: ela já vem. A porta abriu-se inteiramente. Então, eu vi. Uma velha, com uma camisola transparente a cobrir seu corpo flácido. No pulso esquerdo, trazia acorrentado um pássaro de asas cortadas. A outra mão segurava papéis, tão velhos quanto ela. Os bichos interromperam a brincadeira, regressaram pela porta aberta. As aves voaram para o lustre, o cão começou a dormir. A mulher aproximou-se de mim, trazendo com lentidão aquela centena de quilos. O pequeno pássaro rodopiava feito um balão queimando. Um porco tornou a entrar, invadindo o espaço que nos separava. Timidamente, enfiou o focinho dentro da camisola de Zunglash. Com dedos carinhosos, ela pegou o animal, levou-o ao colo, beijou-o para que se acalmasse. Olhei-a: seu rosto tinha a tranquilidade de uma avó antiga. Sentou-se perto de mim, sem notar seu pavor silencioso.

— É preciso escrever, me disse. Só eu (o pássaro pulava doidamente em sua mão) sei ensinar.

Não vou mentir: me deu uma vontade esquisita de sentir uma carícia daqueles dedos, apertá-los com força, molhar seu corpo na umidade de meu beijo. Há muito tempo não via um corpo quase nu pulsando a meu lado. E agora, eu sentia esse desejo horrendo, essa vontade de tatear cada poro daquele corpo. Zunglash recuou, deu uma gargalhada estrondosa. O cachorro avançou para ela, puxava com boca afiada seu vestido.

— Sossega, vou ensinar tudo, larga, para com isso, o cachorro, não liga, ciúme, a prosa e a poesia

Uma pancada forte me atirou ao tapete. Sentia a língua do cão em meu pescoço. Zunglash começou a cantar. Que música era aquela, que entrava em meus ouvidos como um chicote de ar? Pedi que parasse, não me ouvia. Perto de mim, seus pés acompanhavam o ritmo. A voz baixava de tom, tornava a subir, agora eram gritos de bicho, será que ninguém lá fora ouvia aquilo? Eu não passava de um rato preso na ratoeira. Cravei os dedos num pedaço de madeira, o sangue saía de minhas unhas feito um batalhão de formiguinhas. "Pedro", ela disse, "os bichos têm muita raiva de você, acham que vai roubar o meu amor. São bobos, não é?". Mordi os lábios, fiquei imóvel uns cinco minutos. Quando consegui me erguer, lá estava ela, sentada à minha frente. Me entregou vários papéis, em silêncio. Tentando perder o medo, comecei a lê-los. Eram coisas estranhas, textos de uma língua que eu não conhecia. De vez em quando olhava para ela. Assim fiquei quanto tempo? Não me lembro. Até que ela me tocou suavemente nos ombros, dizendo “você vai aprender. Vai aprender tudo”. E apontou para o interior da casa. “Venha, eles não farão mal”.

Me deixei levar. Em sua mão, o pássaro arquejava de cansaço. Lembro-me que ela tossia muito, quando entramos no corredor.

Quarto Movimento

Um método de escrever. Importância das leis físicas. Telêmaco, desaprendiz. Ética do narrador. Relacionamento entre narrador e personagens.

Escrever, escrever. Este é o meu destino. Gastar meus melhores dias com a mudez branca do papel. Depois, com muito esforço, colher o resultado: três ou quatro páginas cheias de rabiscos, sempre muito mais ridículas do que se imaginava.

Agora mesmo, acabei de escrever dois capítulos de uma história, que vai chamar-se *Movimento.* Acho que cometi alguns erros de narrativa, me embaralhei ao escrevê-los. Além de tudo, por que escolhi este título, se mal consigo movimentar meus personagens? Releio as histórias, tento ser imparcial. Prefiro a primeira, de Paulo. É mais lógica, creio que ordenei melhor os fatos. A outra tem muitos detalhes, me cansa um pouco. Não devia gastar tantas folhas com a viagem de Pedro. Cinco páginas dentro de um ônibus! Talvez eu reescreva tudo.

Felizmente, não me envolvi em nenhuma delas. Já disse que quero ser artificial. Já pensaram se Pedro e Paulo fossem parecidos com pessoas que conheço? Sem dúvida me perturbaria, poderia me desviar da ficção para deixar que suas vidas reais influíssem no texto. Mas são apenas personagens. Me envolvem tanto quanto uma lâmpada queimada. Eu é que decido até quando durarão suas vidas de papel e tinta. Vale a pena continuar?

Para que prosseguir? Que sentido tem saber que Pedro será cozido no caldeirão de Zunglash? Que ela devora escritores para poder escrever?

Escrever é um modo menor de viver. A realidade é ampla demais para se comprimir nas letras de um romance. Criar me restringe. De que jeito aceitar, na arte, uma frase medíocre como "O cheiro insuportável dos cigarros mal apagados faz-me ir à janela em busca de ar fresco"? Este fato pode existir em minha vida, mas é mesquinho demais para existir na minha obra. Gostaria que não fosse assim, mas não luto para mudar nada. Aceito, apenas.

Tenho poucos amigos. Amizade, para mim, é coisa que se gasta igual a um cigarro. Se for demais, toda hora, perde o prazer. Ana, por exemplo. Fica um tempão sem me procurar. De repente, aparece, chega a dormir aqui em casa. Ela diz que não depende de mim. É por isso que nos gostamos: porque não nos precisamos. Minha vida, sem ela, garanto que seria a mesma. Sempre fui do jeito que sou hoje, meio quieto. Incapaz de prejudicar ou ajudar alguém, inclusive a mim.

Até hoje, somente me empolguei com uma ideia, que tive aos 35 anos. Seria a história de um homem chamado Telêmaco, que consegue absorver o tempo concentrado num relógio quebrado. A partir daí, resolve tornar-se um desaprendiz do mundo. Tenta levar seu automóvel para o apartamento, e insiste em dormir na garagem. Coloca livros na sua frente e fica frustrado porque eles não conseguem lê-lo. Suplica à sua pasta que o carregue até o trabalho. E vai vivendo assim, tristonho, único. Só depois de morto é que uma vontade sua é cumprida. Telêmaco foi enterrado num berço.

Jamais consegui escrever uma linha deste conto. Penso em começar, mas sempre encontro desculpas para adiá-lo. Quando comento isto com Ana, ela fala de minha inconstância, diz que sou incapaz de concluir um projeto criativo. No fundo, é assim que ela me admira: sabe que eu brinco com meu próprio fracasso, abrindo caminhos que logo abandono.

Paro de escrever, observo a pequena mancha na parede. Me lembro de Adolfo. Se ele estivesse aqui, talvez tudo fosse melhor. Gostava de ver seus olhos macios e mansinhos. A gente brincava de quem piscava primeiro, mas era só pretexto pra ficar vendo um no olhar do outro, feito um espelho escuro e vivo.

Estou ficando velho. E Mateus, será que ainda vive? Eu era um bom aluno. Sentava-me na segunda fila, não falava com ninguém. Na hora do recreio, ia para um canto isolado, tirava da pasta o embrulho de merenda que mamãe fazia. Quando saía de casa, nunca perguntava qual era o lanche. Me agradava tirar o papel devagarinho, apalpar sua forma, tentar adivinhá-lo. Às vezes era uma pera, e eu, antes de dar a primeira dentada, fazia uma carícia naquela pele lisa, mastigava com o olhar o seu formato, sentia seu cheiro esverdeado, procurando um vestígio qualquer do cheiro das mãos de minha mãe.

Não sei por que me lembro tanto disso. Esses fatos têm pouco a ver com o que eu sou, não significa nada além de serem coisas mortas. Viver é uma tarefa que cumpro como uma vela queima. Se há cera derretida em sua base, se há pessoas precisando de seu brilho vagaroso, não importa. Serenamente, cumprir-se.

Olho para o cinzeiro, está cheio de guimbas. Levo-as ao lixo. O cheiro insuportável dos cigarros mal apagados faz-me ir à janela em busca de ar fresco. O relógio da sala bate três horas. Abro o pacote com as cartas de Ana. Fico alguns instantes a ler os poemas de Nataniel e seu diário incompleto. Não concordo com certas ideias. Ainda vou dizer isso para Ana, não sei se ela vai me entender. Ela gosta muito de Nataniel, comenta que poucas pessoas alcançam a profundidade de sua filosofia. Não me interesso. Ele escreve de um jeito complicado demais para mim. Admiro as coisas exatas, como uma lei da Física ou os centímetros de uma régua.

Sei que minhas divagações retardam a narrativa, e pouco significam. Reconheço que me contradigo. Quanto mais me quero fugir, mais volto a mim. Isso não acontecia antes. Sei que o que importa é o que escrevo, não o que vivo. Tento unir as duas coisas. Narro fragmentos do que sou, mas bastante escassos para que vocês não me conheçam além do que desejo. É o que tento fazer. Fingir que minha vida é uma questão de linguagem.

Tenho pena de Nataniel. Sei que ele deve rir de minha ignorância, pensar que eu nunca serei capaz de entender sua obra. Ele já é um velho, por isso não respondo. Uma vez, tive raiva dele, mas já passou. Gostaria de não lembrar.

Eu tinha acabado de chegar em casa, quando observei a pequena mancha da parede. Me deu vontade de ler um poema de Nataniel, chamado "A mancha". Li, até pensei nuns comentários. Quando acabei, tive ideia de escrever um conto baseado no poema. Não me lembro dos detalhes, mas era sobre um homem bêbado, perdido numa praia. Depois, embrenha-se numa floresta cheia de animais selvagens. Consegue fugir deles, e aos poucos vai perdendo a condição humana. Anda de quatro, dorme em árvores, come a vegetação rasteira. Acaba gostando de viver assim.

Não escrevi esse conto. Tive pena do personagem. Já falei que sou indiferente em relação a eles. Não me importo em tirar-lhes a vida com a mesma tranquilidade com que lhes dou. Encho-os de frustrações e desespero sem me preocupar com seu sofrimento. Às vezes, num espaço de três linhas, envelheço-os quarenta anos, torno a reforçá-los adiante, faço com que passem fome, quebro-lhes a perna, toco-lhes fogo na casa. Mas, naquela hora, a situação era diferente. Se o homem está perdido na selva, que reclame de seu destino com Nataniel. Foi ele que me inspirou essa ideia. Por minha opção, a história não seria assim. É que, mesmo nas piores condições, sempre concedo aos personagens uma possibilidade de defesa. Não lhes embriago, não lhes crio vícios além dos legalmente permitidos. Gosto de que tenham a lucidez de seu fracasso, e toda sua lógica é ditada por mim, não pelo que fazem. Dependem de minha fala, de meu comando. Reparando bem, percebo que todos eles possuem minha cara, meu peso, minha altura. São os modos possíveis de mim. Já disse que nenhum personagem me envolve. É verdade.

Antes que isso aconteça, trato eu de envolvê-los. Espalho minha fraqueza entre todos, torno-a bem numerosa para não ter de suportá-la sozinho.

Passeio pelo apartamento. Há quantos dias não arrumo meu quarto? Sou muito preguiçoso, vivo adiando tudo. Antigamente, até que eu era ágil. Subia no alto das árvores, escolhia as goiabas mais maduras para dividir com Adolfo. Ele tinha medo de altura, eu puxava sua mão, dizia vem comigo. Não subo – ele ria para mim. E ficava ali, pulando na grama.

Aciono as teclas da máquina, escrevo o nome de Pedro. Me desculpo em meu cansaço para retardar sua história. Passo a mão no rosto suado. Folheio os originais, para me lembrar onde havia interrompido o relato. Releio tudo, me detenho na figura de Zunglash. Gostei do modo como a introduzi, mas tenho de tomar cuidado para não me empolgar e fazê-la personagem principal. Ainda não pensei na função que vou dar ao pássaro acorrentado a seu braço. Por enquanto, ainda não é símbolo de nada. Talvez o mantenha assim.

Bebo um pouco d'água, estalo os dedos, acendo um cigarro. Mentalmente, ordeno as próximas sequências da história. Em seguida, recomeço a escrever.

"Ela ia na frente, indicando o ca

Outro Movimento

Em que Madalena fala de Pedro. Em que Alice toma sorvetes. Pássaros, cães e cabras. Algumas espécies de amor e ódio. A metamorfose. Início ou final de aventura.

— Quem é você?

— Meu nome é Madalena. Por que o senhor quer saber de mim?

(Madalena está de costas para os leitores, encarando de frente seu interlocutor. Ajeita os cabelos, amarrados em coque. Gotinhas de suor escorrem de seu pescoço).

— Conhece este homem?

(Foto de Pedro, sentado num banco de parque. Segura nas mãos um livro velho. Destaca-se, no canto superior esquerdo, uma asa de pássaro no céu sem nuvem. Agora, várias fotos se superpõem, dando a impressão de um movimento em câmera lenta: nesta, o pássaro já saiu da estampa; na seguinte, vê-se claramente Pedro erguer-se. Na outra, parece olhar para o chão; na próxima, esboça um sorriso; finalmente, observa-se que ele estende a mão, como se fosse cumprimentar alguém).

— Sim, é Pedro, meu vizinho. Eu o conheço há bastante tempo. Quer ser escritor, sabe? É uma boa pessoa, vive sozinho como eu. De vez em quando, uma mulher vai visitá-lo. Passa dois, três dias com ele e depois desaparece. Não, não sei o seu nome. Mas pra que o senhor quer saber essas coisas?

— Continue.

— Ele é assim. Quase meu amigo. Quando nos encontramos, sei que se alegra. Me conta histórias de sua vida, fala muito do passado. Mas tem coisas que não acredito, fico só fingido que é verdade. Uma história bem contada, a gente não acaba chamando de verdadeira? Acho que ele inventa tudo, para me distrair. Estou velha, gosto que as pessoas me deem atenção. Certa vez, passamos uma tarde inteira de sábado num supermercado. Não queríamos comprar nada. Mas ele se alegrava vendo as cores dos objetos, mexendo nas prateleiras igual a um garoto levado. Depois disse que queria me dar um presente. Eu podia escolher o que quisesse. É tão bom ganhar presente! Meu marido, sempre que podia, me dava. Pedi um batom.

(Madalena baixa enormemente a altura da voz, tornando-a inaudível para os leitores. Parece estar contando algo que não deseja tornar público. Vira-se para trás, ainda desconfiada. Levanta-se e fecha a porta por onde se podiam ver os acontecimentos. Colando-se o ouvido à porta, talvez se ouvissem fragmentos do que narra. Mas é um direito seu não querer intrusos a devassar-lhe a intimidade. Ainda assim, faz-se uma tentativa: numa mudança de ângulo, ardilosamente, tenta-se captar sua imagem e fala através de uma janela entreaberta. Madalena percebe a manobra, irrita-se. Fecha a persiana, isolando-se por completo com seu interlocutor. Durante vinte e sete minutos, numa constrangedora monotonia, focaliza-se ora a porta, ora a janela, à espera de que sejam abertas. Para amenizar a situação, surgem esporádicas imagens dos arredores: uma menina[3] subindo a escada, o reflexo do sol num vidro, cubos de gelo no interior de uma geladeira. Volta-se ao local primitivo. Madalena abre a porta, torna a sentar-se).

— Meu marido era muito bom. Meio severo, às vezes. Tinha um ciúme louco de mim. Era professor de Português, foi ele que me ensinou essa coisa toda de simbolismo, adjunto nominal, neorrenascimento. (Desgarra o olhar). Acho que esqueci quase tudo. Mas era bonito ver ele falar, me mostrar as provas dos alunos, ficar zangado com a bagunça que faziam na aula. Depois de velho, ele foi se acalmando. Descobriu até um apelido pra mim – Sarinha – por causa de que eu cantava de manhã, às vezes, feito passarinha. No final da vida, quando recebia o pagamento, me dava sempre uns presentes: doce, bolsa, sapato. Não é que de noite o velhinho queria o troco? E eu lhe dava um monte de beijos com a língua, igual quando o mundo estava há trinta anos atrás. Ele morreu de repente, com problema de coração. Sofri, chorei um bocado. Na saudade, eu dormia no chão frio

3 Alice, ou Licinha. Onze anos, a mão direita lambuzada de sorvete de chocolate.

da cozinha, passei até a botar um pouquinho de veneno na minha comida. Depois, me acostumei. É sempre assim, não é?

minho. Subimos a escada que levava ao segundo andar, paramos diante de uma porta verde. É aqui, apontou com os beiços. Aí foi que tudo começou.

Era um quarto grande, com grades na janela. Centenas de livros se amontoavam na estante de madeira escura. E, no centro do quarto, um caldeirão cheio de água amarelada. Vi também alguns livros despedaçados, e duas imensas malas de couro repletas de tartaruguinhas mortas. Meu medo diminuía, percebi que Zunglash estava simpatizando comigo. “Vou te contar tudo”, repetiu. “Mas ainda é muito cedo”.

Fiquei não sei quantos dias naquela casa. Trocávamos poucas palavras, como se o meu aprendizado tivesse o silêncio inicial como pré-requisito. Ela mesma preparava a comida, feita com plantas arrancadas do quintal. Nunca vi transpor a porta da rua. Confesso que eu começava a esquecer meus amigos e minhas obrigações, começava a sentir um medo feliz. Imaginava, com algum prazer, a aflição que meu desaparecimento estaria causando. Fotografia no jornal, inquérito com vizinhos, investigações no emprego. E eu ali, no subúrbio, vivendo com uma estranha, me acomodando em seu mistério, sem fazer nada do que era humanamente esperado: fugir, abrir a porta, gritar por socorro. Depois da primeira semana, minha angústia toda desaparecia. Eu andava com barba crescida, as unhas sujas, o cabelo despenteado, numa alegria infantil de não obedecer a nada. Uma das coisas que mais desejava na vida era quebrar garrafas e copos. Nunca tinha tido coragem, pensava que os vizinhos ouviriam o barulho, pensariam que eu era louco.

Um dia, descobri, dentro das malas das tartarugas, três pequenas xícaras. Levei-as à boca, senti a fria porcelana. Depois, arremessei-as longe, com toda força, e os estilhaços se espalharam pelo chão, alguns até ricochetearam na pele das tartaruguinhas. Zunglash assistiu a tudo, calada. Que prazer quebrar uma xícara! É difícil admitir que elas não foram feitas exatamente para serem quebradas. Passei a destruir tudo que encontrava: travessas, pires, pratos, copos. Aprimorava meus arremessos. Em pouco tempo já era capaz de calcular a quantos metros os cacos parariam. Quando quebrei o último prato, passamos a comer sobre a capa dos livros. Arrancávamos suas páginas e fazíamos uma espécie de cone para substituir os copos.

Eu me tornava o dono da casa. Os animais, antes arredios e agressivos, se familiarizavam comigo. Dormia no meio de três cabras, gostava do calor macio de seus pelos. O único que ainda me recusava era o cachorro. Não queria mais conversar comigo, se escondia quando me via aparecer, latia quando eu começava a quebrar os objetos.

Do décimo dia em diante, parei de falar com Zunglash. Ela já sabia do que eu gostava, era só trocarmos um olhar para que minhas vontades fossem satisfeitas. Por mim, viveria naquela casa a vida inteira. Como era bom ver os cacos espalhados! Passei a andar nu, me sentia tão natural quanto o vento e a raiz das árvores. O que me aborrecia era o cachorro. Então ele não respeitava o senhor da casa? Uma ideia malvada nasceu em mim. Mas onde esconderia seu corpo? E se ela me expulsasse? Lá fora, Abigail, Adelino, Aécio, Ângela e Artur estavam me aguardando, cuspiriam na minha cara se eu não colocasse na ordem correta suas apólices de seguro. Tenho pavor de que me agridam. Uma vez, um cliente quis me bater só porque me atrasei no envio da apólice, chegou a me segurar pelo colarinho. Na hora não reagi, mas quando cheguei em casa fiquei dando pancadas na caixa do relógio, fingia que era o corpo do cliente. A única maldade que eu fiz até hoje foi com aquele maldito cachorro. Também, quem mandou ele me provocar? Se tivesse me respeitado, estava vivo até agora. Não sou ruim. Um dia, vi um mendigo na pracinha em frente ao meu prédio. Ele tinha uma cara parecida com a de um amigo meu, de infância, que eu nunca soube que fim levou. Levei ele pro apartamento, dei comida, dei dinheiro. Depois, ele foi embora, bem alimentado, limpo, satisfeito. Minha ação era boa demais para só eu saber. Contei a todos meus conhecidos, doido pra ouvir o louvor ao meu gesto. Sou assim mesmo, feito todo mundo.

Eu estava deitado junto às cabras, quase dormindo. Zunglash devia estar no quarto de cima, ela gostava de dormir abraçada aos cadaverezinhos das tartarugas. Entreabri os olhos: lá estava o cão, a alguns metros de mim. Fingi que adormecia. Ficou me rondando, deu muitos passos. Tive a impressão de que me atacaria. Por quatro segundos, imaginei seus dentes se cravando em minha perna. Depois, eu teria motivo pra me vingar, estilhaçando seus dentes como a um copo velho. Mas não avançou. Por que não me atacava, se me odiava? Eu estava lá, inteiro, presa fácil para seu ódio acumulado. Me levantei rápido, avancei com urros loucos para cima dele. Peguei-o pelo pescoço, arremessei-o contra a parede, dei-lhe pontapés até me certificar que estava morto. Ergui o corpo ainda quente. Precisava escondê-lo, mas não tinha coragem de sair de casa, jogá-lo na rua. Fui ao quintal, comecei a cavar desesperadamente uma pequena cova. Enterrei-o lá, e fui dormir, sujo de terra, com medo de que Zunglash descobrisse meu crime.

Na manhã seguinte, ela me perguntou pelo bicho. Menti. Disse que ele havia me atacado, queria me matar. Pra me defender, atirei-o no chão. Ele caiu meio torto, morreu. Zunglash me ouvia; o pássaro, em seu pulso, enfiava as pequeninas garras naquela pele gorda. Não falamos mais do assunto. Durante um mês, percebi que ela sentia saudades do animal. Ficava recostada na parede, olhando fixamente o pássaro preso nas mãos. Eu admirava seu poder de inércia.

Nada acontecer era o que nos acontecia. Difícil narrar a monotonia gostosa daqueles dias. Eu passeava entre as cabras, dava de comer aos porcos, cortava as asas dos pássaros. Pressentia que meu aprendizado estava acabando, e que brevemente receberia as lições finais. Zunglash passou a trancar-se no quarto, eu ouvia o barulho de seus passos, o ruído da lenha a chiar no caldeirão. Minha preguiça era tanta que não me interessei em averiguar nada. Deixava a velha trabalhar em paz. Lembrava-me do cão morto, do relógio que eu esmurrara. Há quanto tempo estaria quebrado? Não fazia diferença. Naquela casa, eu me desforrava do tempo perdido, de minha vida pontual e metódica. Agora, eu desistia do mundo humano, me contentava em ser alguma coisa intermediária e neutra. Viver era uma tarefa que me envelhecia. Baltazar, Brício, Belizário.

Uma noite, lembro-me que na véspera descobri seis ovinhos de pássaro no lustre, ela me pediu que dormíssemos no quarto. Subimos. O caldeirão ardia em fogo lento. Então, foi que tudo começou. Ela me deu um beijo no nariz, tratamos de nos aconchegar um pertinho do outro. Senti seus dedos agarrarem meu corpo, fazendo um carinho flácido e gostoso. Estendi meu braço, tateei a pele bamba de Zunglash, cravei as unhas em sua coxa. Ela livrou a corrente que prendia o pássaro, começou a zunir de prazer. Debruçou-se sobre mim, e seu hálito quente contagiava minha cara. Rolamos pelo quarto todo, nos beijando, nos apertando com uma fúria louca. No escuro, derrubamos um baú de tartarugas. Comecei a atirá-las escada abaixo, acordando os outros animais. Minha vontade era marcar a dentadas o corpo de Zunglash, ficar trepando até machucar nossas carnes, até que nosso suor exausto fosse interrompido pelo canto das cabras.

Ficamos assim uns dez dias. Amava-a na cozinha, na sala, atrás das portas, no quintal, possuindo sua carne branca e redonda como o mostrador de um relógio. Cheguei a sugerir que fôssemos para o caldeirão, mas ela não quis. No décimo primeiro dia, acordou doente. Os olhos estavam mais inchados que de costume, percebi que suas pernas tremiam. Não me pediu ajuda. Agarrou-se ao corrimão, subiu as escadas com andar vacilante. Avisou que meu aprendizado estava acabando, me chamaria daí a pouco para as últimas lições. Trancou-se de novo no quarto, ouvi barulho de livros caindo. Depois, um estrondo enorme, calculei que Zunglash derrubava a estante.

Não a vi por vários dias. Me faltava coragem para entrar no quarto, ou era preguiça, não sei bem. Ficava à toa pela casa, cuidava dos bichos. Meu passado, fora dali, passava a valer tanto quanto uma fivela de relógio estragada. Agora, era engraçado, eu sentia saudades do meu presente, de tudo que eu fazia e tinha medo de que não fosse durar. Por exemplo, dormir entre cabras, comer com as mãos. Ser um dono. Na minha vida, nunca me impus a ninguém. As pessoas gostavam de me humilhar, de se aproveitar de minha fraqueza. Uma vez, um cliente me esbofeteou só porque eu havia trocado sua correspondência. Todo mundo ouviu a dor que aquele barulho do tapa fez. Não reagi. Naquela casa, era diferente. Todos me obedeciam, menos o cão. Matei. Me arrependo, muito até. E, na hora, eu já sentia uma espécie de remorso prévio.

Zunglash me chamou numa noite fria. Já estava me acostumando à sua ausência, levei um susto ao revê-la: sua voz tremia, seu corpo emagrecera um pouco, as pernas estavam bambas. Subi correndo a escada, perguntei o que ela queria comigo.

Entramos no quarto. O caldeirão ardia vigorosamente, e rolos de fumaça buscavam a janela entreaberta. Os livros estavam espalhados sobre a mesa debaixo da cômoda, no chão. Apertei-a contra meu peito. Minha perna esquerda tocou no caldeirão, e logo uma dor de carne queimada me invadia com violência. Afastei a velha, empurrei-a longe. Zunglash se ergueu com dificuldade. Preocupado com minha queimadura, não tive vontade de ajudá-la. Pressionei a perna até sair sangue. Depois, rasguei três páginas de um dicionário e improvisei uma compressa. Olhei para a mulher. Cheguei perto, passei seu braço sobre meu ombro, retirei os livros da cama, deitei-a com algum cuidado. Zunglash sussurrou que eu iria aprender. Que ela escolhera a mim para continuar seu trabalho. A fumaça invadia o quarto todo, como se fosse um tapete vivo e úmido.

Então, ela me contou. E eu não queria acreditar no que ouvia. Zunglash comia livros para escrever. Escolhia os melhores, colocava-os no caldeirão, dissolvia-os na água fervendo. Quando esfriava, ela mergulhava a cara naquela água viscosa e devorava tudo, até o limite de seu estômago. Me contou isso, e dava uns risos fininhos, dizia que já tinha possuído mais de dois mil escritores. “A gente se acostuma logo, sabe?”, e ria feito criancinha. “Zunglash, conte a verdade, não há outro jeito de aprender? Conte, conte tudo, Zunglash, fale!".

A fumaça comprimia meus olhos. Aí foi que tudo começou. O corpo da velha começou a se alongar, endurecer. E eu vi, horrorizado. Zunglash se transformava num livro imenso, monstruoso. Eu já não distinguia a carne e o papel. Estrofes, poemas, capítulos inteiros explodiam de seu corpo dilacerado. Ela gritava de dor, e de sua boca não saíam palavras, mas escorriam letras. Recuei, virei o rosto. Comecei a chorar, e as lágrimas de horror devolviam minha humanidade. Quando voltei a olhá-la, Zunglash já era um livro enorme, velho, de capa dura e lombada negra. Toquei-a com leveza, para que não esfacelasse. A água entrava em ebulição. Arrastei com esforço o peso do volume e, automaticamente, joguei-o no caldeirão. Em pouco tempo, Zunglash começava a se dissolver. Desmanchava-se em mil farelos, era agora uma papa amarelada, que eu remexia com a colher de pau. Depois, apaguei o fogo, fui tratar da minha perna, que latejava muito, parecia carregar um coração embutido. Me recostei na cama, creio que dormi algumas horas. Quando acordei, fui verificar o estado da água. Estava quase fria. Pelas frestas da janela, percebi que ainda era noite. O que fazia eu, naquele sobrado deserto? Meu Deus, a esta altura já estaria desempregado, a polícia já andaria se metendo em minha vida. Precisava forjar uma desculpa. Pedir perdão pelos transtornos. Talvez, se inventasse uma morte de parente, o patrão tivesse pena de mim, deixasse eu fazer serão para colocar o serviço em dia. Mas que gosto teria aquela massa?

Me aproximei mais ainda. Lambuzei os dedos, provei um pouquinho. Não gostei, mas continuava a comer. Enchia a mão de Zunglash e enfiava-a à força na garganta, até me empanturrar. Levei dois dias para completar a refeição. Depois, desci. A casa estava abandonada, os animais haviam fugido. Provavelmente eu esquecera a porta aberta, ou Zunglash os tinha libertado sem eu saber. Corri para o quintal, cavei fundo, não achei o corpo do cachorro. Boa, Zunglash! Com certeza teria transportado o velho amigo para outro local, mais próximo a ela. Voltei ao interior da casa, reparei que a sala estava como quando eu a vira pela primeira vez, antes daquele bando de animais aparecer e me assustar. Não me aventurei a subir. Para que me despedir das coisas da velha, se agora ela já estava dentro de mim? Catei minhas roupas, me vesti, reparei que meu relógio de pulso ainda funcionava. Eram duas e quinze da tarde. Abri a porta. O sol jogou na minha cara uma luz preguiçosa. Fui para o ponto de ônibus.

De repente, tive uma vertigem. Me sentei na beira da calçada. Sem que eu soubesse por quê, dezenas de frases explodiam em meu cérebro. Advérbios, pronomes, substantivos jorravam num fluxo incontrolável. Pensei rapidamente no meu conto, criei um epílogo que minha limitação jamais imaginaria. Mas logo outras ideias surgiam e eu, inebriado, me deixava levar por tudo aquilo. Me excitava de felicidade, os cabelinhos do braço arrepiados iguais às antenas de um inseto.

Eu estava livre. Viver, para mim, era um modo imperfeito de não escrever. Viver era a lacuna entre um e outro capítulo dos livros, a pausa detestável para dormir, ir ao banheiro, trabalhar. Eu estava livre. Para que mandar notícias a Ana? Não, ela nunca me entenderá direito. Eu não suporto a obra de Nataniel de Araújo. Que angústia ter de aturar a filosofia barata de seu diário! E Mateus, se ainda for vivo, se orgulhará um bocado de mim.

Passei o dia na cidade. À noite, retornei ao apartamento, nem parece que passei tanto tempo fora. Agora, abro a gaveta azul e retiro algumas folhas. Sinto uma nova vertigem, mas logo me tranquilizo. Passo a mão no rosto suado, e é um arrepio o que sinto. Coloco uma folha na máquina. Penso no que vou escrever. Por alguns segundos fico indeciso. É preciso contar. Meu corpo treme de frio, o papel parece aumentar seu limite em branco nas minhas mãos. Mas eu resisto.

notícia biobibliográfica

Antonio Carlos Secchin nasceu no Rio de Janeiro. possui graduação em Português – Literaturas de Língua Portuguesa pela UFRJ (1973), e mestrado e doutorado em Letras (Letras Vernáculas) pela mesma universidade (1979 e 1982). é membro efetivo da Academia Brasileira de Letras (ABL) e professor emérito da Universidade Federal do Rio de Janeiro. tem atuação na área de Letras, com ênfase em literatura brasileira, poesia dos séculos 19 e 20, João Cabral de Melo Neto e literatura contemporânea. recebeu diversas condecorações, dentre elas o Prêmio ABL de Poesia (2003) e a Medalha Afrânio Coutinho de destaque literário (2017). sua vasta produção biobibliográfica pode ser conferida na obra *Secchin: uma vida em Letras* (Rio de Janeiro: Editora UFRJ, 2013), organizada por Maria Lúcia Guimarães de Faria e Godofredo de Oliveira Neto.

bibliografia

poesia

A ilha. Edição do autor, 1971. Plaquete fora do comércio.

Ária de estação. Rio de Janeiro: Livraria São José, 1973.

Elementos. Rio de Janeiro: Brasília. Civilização Brasileira: INL, 1983.

Diga-se de passagem. Rio de Janeiro: Ladrões do Fogo, 1988.

Poema para 2002. Rio de Janeiro: Cacto Arte e Ciência, 2002. (livro-objeto fora do comércio, tiragem de 50 exemplares).

Todos os ventos. Rio de Janeiro: Nova Fronteira, 2002.

Todos los vientos. trad. Yhana Riobueno. Mérida: Ediciones Gitanjali, 2004.

Todos os ventos. Vila Nova de Famalicão: Quasi Edições, 2005.

50 poemas escolhidos pelo autor. Rio de Janeiro: Edições Galo Branco, 2006.

Cantar amigo. Rio de Janeiro: Topbooks, 2017.

Desdizer e antes. Rio de Janeiro: Topbooks, 2017.

O galo gago. Rio de Janeiro: Rocco Pequenos Leitores, 2018.

Desdizer. Lisboa: Imprensa Nacional-Casa da Moeda, 2018.

narrativa

Movimento. Rio de Janeiro: Faculdade de Letras da UFRJ, 1975.

Ana à esquerda & outros movimentos. Goiânia: martelo casa editorial, 2022.

ensaio

João Cabral: a poesia do menos. São Paulo: Duas Cidades, 1987.

Poesia e desordem. Rio de Janeiro: Topbooks, 1996.

João Cabral: a poesia do menos. 2ª ed. rev. ampliada. Rio de Janeiro: Topbooks, 1999.

Escritos sobre poesia & alguma ficção. Rio de Janeiro: EDUERJ, 2003.

Memórias de um leitor de poesia. Rio de Janeiro: Topbooks, 2010.

Papéis de poesia: Drummond & mais. Goiânia: martelo casa editorial, 2014.

João Cabral: uma fala só lâmina. São Paulo: Cosac Naify, 2014.

Percursos da poesia brasileira, do século XVIII ao XXI. Belo Horizonte: Autêntica: Editora da UFMG, 2018.

João Cabral de ponta a ponta. Recife: CEPE, 2020.

Papéis de poesia II. São Paulo: Editora UNESP, 2022.

Papéis de prosa. São Paulo: Editora UNESP, 2022.

organização

Os melhores poemas de João Cabral de Melo Neto. São Paulo: Global, 1985.

Primeiros poemas de João Cabral de Melo Neto. Rio de Janeiro: Faculdade de Letras da UFRJ, 1990.

A problemática social na literatura brasileira. Revista Ibero Romania nº 38. Tubinga: Max Niemeyer Verlag, 1993.

Antologia da poesia brasileira. Edição bilíngue. Pequim: Embaixada do Brasil, 1994.

Antologia poética de Castro Alves. Rio de Janeiro: FUNARTE, 1997.

Poesia completa de Cecília Meireles. Rio de Janeiro: Nova Fronteira, 2001.

Piedra fundamental – poesia y prosa de João Cabral de Melo Neto (com Felipe Fortuna). Caracas: Biblioteca Ayacucho, 2002.

Poesia reunida de Mário Pederneiras. Rio de Janeiro: Academia Brasileira de Letras, 2004.

Os melhores poemas de Fagundes Varela. São Paulo: Global, 2005.

Os melhores contos de Edla Van Steen. São Paulo: Global, 2006.

Guia dos sebos. 5. ed. Rio de Janeiro: Lexikon, 2007.

Roteiro da poesia brasileira – Romantismo. São Paulo: Global, 2007.

As cidades e as musas de Manuel Bandeira. Rio de Janeiro: Desiderata, 2008.

Palavras e pétalas de Cecília Meireles. Rio de Janeiro: Desiderata, 2008.

Poesia completa e prosa de João Cabral de Melo Neto. Rio de Janeiro: Nova Aguilar, 2008.

Poesia completa, teatro e prosa de Ferreira Gullar. Rio de Janeiro: Nova Aguilar, 2008.

Os 25 poemas da triste alegria de Carlos Drummond de Andrade. São Paulo: Cosac Naify, 2012.

O guardador de abismos de Antonio Ventura. Rio de Janeiro: Topbooks, 2014.

Poesia completa de João Cabral de Melo Neto. Rio de Janeiro: Lisboa: Academia Brasileira de Letras: Glaciar, 2015.

Cancioneiro de Ferreira Gullar. Rio de Janeiro: Topbooks, 2015.

Poesia completa de João Cabral de Melo Neto. São Paulo: Alfaguara, 2020.

outras notícias biográficas

Flávia Amparo é Professora Associada de Literatura Brasileira da Universidade Federal Fluminense (UFF) e Professora Titular de Português e Literaturas do Colégio Pedro II. atua no Programa de Pós-Graduação em Estudos de Literatura da UFF e no Mestrado Profissional (MPPEB-CPII) do Colégio Pedro II. é coordenadora da disciplina Literatura Brasileira III do curso de graduação em Letras EAD da UFF. possui graduação em Letras Português – Literaturas pela UERJ (1996), mestrado e doutorado em Letras (Literatura Brasileira) pela UFRJ (2004 e 2008). tem experiência na área de Letras, com ênfase em Literatura Brasileira, e na área de Ensino, principalmente nos seguintes temas: Formação do leitor na Educação Básica, Interdisciplinaridade e Ensino, Literatura e outras artes; Estudos de Poesia Brasileira, Machado de Assis, João Cabral de Melo Neto, Literatura Brasileira e Literatura Infantojuvenil.

Hallina Beltrão nasceu em Recife. é ilustradora e designer gráfica, concentrando seu trabalho sobretudo em livros, revistas e jornais literários, e na ilustração de livros infantis no Brasil e na Espanha. tem suas principais referências na Pop Art, no Surrealismo, no cinema e nas diferentes culturas que conhece em suas viagens pelo mundo. é mestra em Design Gráfico Editorial pela Universidade Pompeu Fabra (Elisava/Barcelona) e pós-graduada em Ilustração Criativa pela Universitat Autònoma de Barcelona (Eina).

tiragem 1.000 exemplares

exemplar n.º 602

este livro, composto em Bookman Old Style, foi impresso – em ofsete sobre Pólen Bold 90g, da Suzano – e acabado por **cumbuca – ateliê gráfico** para **martelo casa editorial e comércio de livros ltda.**, em Goiânia, em outubro de 2022.